我有故事 你有酒吗

I have stories
Do you have any wine?

关东野客◎著

我喜欢南方，但我从没去过南方，

就像我爱北方，舍不得离开北方一样。

所有求之不得的东西，我都舍不得一下子用完，

没去的地方留着，没见的人，等着。

CONTENTS
目录

如果你愿意，在一个四下无人的夜晚，请我喝一杯随便什么牌子的酒吧，让我把故事说给你听。

我觉得,我并不是一个会讲故事的人,但我一定是一个会聊天的人。因为许多原因，见了许多人，遇见了许多事。在某一个下午，我突然意识到，我应该写点儿什么，以纪念那些经过我生命的人，那些此生只能见一面的人。

在我决定写些什么的时候，我的脑子其实是混乱的，就像有太多的线交织在一起。以至于这个念头，被我一次次地压下去，因为我实在不会用华丽的辞藻去修饰故事的发展，可能只会平淡如水地叙述，甚至连一个故事的高潮都没有。后来，朋友说，生活不如诗，本就平淡如水，你只是负责记载而已，要什么冠冕堂皇的辞藻去修饰？所以，我释然了。

我见过很多的悲欢离合，也见过许多的情缘孽恋，我无权去评论他们的好坏，也无权去理解他们的对错。我只是有幸遇见了这些人，听见了这些事。始终觉得，时光留给我们的时间总是不多的，看似百般无聊的下午，或许是很多人生命的终点。在很久以前，我便知道这个道理，所以我更容易看见生活的另一面，一条狗，一只猫，我不在乎它是否可爱，我只在乎它是否幸福。

这本不算故事的故事书，只能当作朋友之间的酒后真言，孰真孰假，都不重要。我只在乎那些认真读懂它的人，而且我相信是有平行世界的，有一个和你很像的人，在过着与你不一样的生活。你悲伤，他快乐，她悲伤，你快乐。但所有的故事都会有结局，所有的人情世故都会有归属，可真的会有那么多结局吗？活着，就没有结局，只有故事继续。千百个故事里总会有相同的，就像爱一个人，对方不爱你，千百年说烂了的故事，可从不间断上演，毕竟，爱这件事，揉不得半点沙子。

书的名字叫《我有故事，你有酒吗？》。希望在以后的许多个你觉得孤单的夜晚，你身边只有酒时，它能够当作你的下酒菜，不多、不少、不醉、不归。

我喜欢南方，但我从没去过南方，就像我爱北方，舍不得离开北方一样。所有求之不得的东西，我都舍不得一下子用完，没去的地方留着，没见的人，等着。人那么多，故事那么多，只要值得，就应该被铭记。

我喜欢喝酒，但只跟对的人喝，我有许多故事，但我的酒可能不够了。如果你愿意，在一个四下无人的夜晚，请我喝一杯随便什么牌子的酒吧，让我把故事说给你听。虽然故事可能很蹩脚、很煽情、很幼稚，但请你相信，这些已经发生的，和即将发生的，都会重叠，因为所有的故事都只有一个结局，“如有雷同，纯属巧合”。

我会在深夜里写字，在你凌晨睡去时，把一段故事写好。

然后给所有失眠的城市送一句早安，给所有没睡的人说声晚安……

关东野客 2016.7.18

我会在深夜里写字，

在你凌晨睡去时，把一段故事写好。

然后给所有失眠的城市送一句早安，

给所有没睡的人说声晚安……

你 走 了 真 好 ， 不 然 总 担 心 你 要 走 。

01

北京西站，南阳素素

我们都是行走在城市里孤独的人。在北京生活的人都知道，偌大的北京城，看起来人声鼎沸，可谁和谁又都没有关系，这是一个你哭得撕心裂肺，却没人停下来问你怎么了的地方。

我们都是行走在城市里孤独的人。在北京生活的人都知道，偌大的北京城，看起来人声鼎沸，可谁和谁又都没有关系，这是一个你哭得撕心裂肺，却没人停下来问你怎么了的地方。但这里也是所有温暖诉求的地方，你能在这里找到爱情，也能找到遗憾，城市永远不会变，它永远冰冷并且温暖地存在着，这就是北京。

我没见过素素，我所知道的一切，都是一个叫南阳的北漂歌手讲给我的。

有天晚上下班很晚，睡不着觉，想着去楼下转转，路过西站地下通道的时候，遇见了南阳，他向我要了根烟。

“哥们儿，有烟吗？憋半天了。”他不好意思地说。

“有，不是好牌子，抽吗？”我说。

“没讲究，吃饱肚子，有瓶啤酒，一根烟，够了，咋能挑牌子。”接过烟后，我们闲聊了起来。

“这都后半夜了，早没人了，你怎么不回家，还在这儿唱？”我问。

“有时唱歌不是给别人唱的。唱了一天，都不是我想唱的。我喜欢的，没人给钱。只能趁着晚上，自己唱几首了。”

“那怎么不回家唱呢？”

他脸红了一下说：“租的房子，合租的，大晚上的扰民，多不好啊。”

我没再说话，想到了许多年前的自己，刚来北京时候的窘迫，和八个人住一间屋子，没有空调，夏天热得不行，冬天又冷得不行，当时所有人都没说过苦，因为都为了梦想。或许是因为夜晚地下通道里的寂静，我突然想听听他的歌，我说你给我唱首歌吧。

“你想听什么？”

“就唱你最喜欢的那首吧。”

后来很长一段时间，我都想不起来那晚他唱了什么，只记得他很用情地唱，我很用心地听。告别时，我给他留下了剩下的半包烟，还有一百块钱。他追上我说太多了，我说不多，北京的晚上有风，早点儿回家吧。他塞给我一张字条，上面有他的手机号，名字很好听，叫南阳。

“你什么时候想听歌，打我电话，我随时到。”

“好。”

事后，我很快就忘记了这一段相遇，在这样一座城市，人和人的相逢，就像地铁里擦肩而过的乘客一样普通。北京太大了，你会不知不觉地遇见一个人，又会无声无息地丢了一个人。等你想找回时，已经断了联系，还好，南阳我仍能找得到。

我的名片太多了——因为工作的关系，每天都会接到几十张名片。有的看过可能会存起来，还有一些不那么重要的，可能随手就扔了。我知道，我送给人的名片，也有可能被当作垃圾扔掉。因为人和人的价值不同，当你足够重要时，没人舍得放下你。

我再想起南阳，是几个月以后的事了。因为工作变动，要换房子。

收拾行李的时候，一张字条掉了出来，捡起字条，花了几分钟才想起那天的相遇，和那个叫南阳的流浪歌手。

晚上时，趁着街边还有人，我打算碰碰运气，看看能不能在西站地下通道里遇见他。走了好几个来回，路过许多人，又有很多流浪歌手在这里卖唱，也有很多地摊主在这儿做生意，唯独不见南阳。我走出地下通道，点了一根烟，掏出手机拨了南阳给我留的电话，响了三声后，那边传来一个熟悉的声音。

“喂，哪位？”

“给你一根烟的陌生人啊。”

“哈哈，你啊，哪儿呢？好久不见了。”

“在你以前唱歌的地方，我要搬走了，路过看看你。”

“你来我这儿吧，喝点儿酒。”南阳说了一个地址，我打车过去。那里应该是北京最偏僻的地方了，但又是唯一能离北京最近的地方，看得出来，这里的房租不贵。

下车后，南阳下楼接我，几个月不见，他消瘦了许多，但脸上仍有笑容。南阳是我见过的北漂歌手里，少有的笑得那么真诚的。

玩笑了几句，便上了楼。起初我认为住在这里的人，屋子应该很混乱，至少也是袜子裤子随便放，可南阳的屋子看起来比我的还要整洁，所有物件摆放得井然有序，我突然对这个哥们儿有些好奇了。

我说：“你还没吃饭吧，走，我请客。”

“那就恭敬不如从命了。”他笑着说。

饭店并不太远，城中村最不缺的就是路边饭店。我们找了一家烤肉店，双双坐下。我掏出烟递给他，问他最近怎么样了，他只是笑。

饭吃到一半，酒喝了几瓶，南阳的话开始多了，说了很多话、许多事，但只有和那个叫素素的姑娘的事，让我至今难忘。

南阳说，他和素素是在八年前的冬天认识的，那天北京下了一场特别大的雪，那时他不在西站唱歌，他在西单的一个地下通道里唱。他说他唱歌的时候，那个叫西单女孩的姑娘还没来北京呢。

因为下雪，行人特别少，为了暖身子他买了一瓶白酒，喝完唱了

北京太大了，你会不知不觉地遇见一个人，
又会无声无息地丢了一个人。

几首歌，闭着眼。直到他睁开眼，发现前面蹲着一个姑娘，用他的话来说："就像你喝醉了，唱着心里的歌，想着心里的那个人，睁开眼，那个人就突然出现在你面前了。"

南阳直直地看着那个姑娘，姑娘也不说话，只是笑着看他。他说我给你唱首歌吧，姑娘点点头，南阳唱了一首很老的歌《我是不是你最疼爱的人》。借着酒劲儿、他唱得格外动情，好像把前半辈子的苦和怨都唱到歌里了。一曲唱罢，姑娘已经哭成泪人。南阳也不问，他知道，在北京生活的人，哪一个是没有故事的呢？

后来的很多天，姑娘都是晚上9点准时过来听歌，来的时候不说话，走的时候也不说，但每次都给南阳带来热腾腾的饭，看得出来，那是她自己做的。直到有一天南阳实在忍不住了，问她为什么总来，姑娘只说了一句话："我叫素素，你别忘了我。"

此后的很多天素素都没再来，南阳浑身不舒服，唱歌也没精神，几次都是等到后半夜才回家，可又没有联系方式，甚至不知道那个叫素素的姑娘住在哪儿。一个星期后，素素终于出现了，南阳看见素素的时候，全然没了姿态，放下吉他就飞奔过去，一把抱住素素。两个人就在西单的地下通道里，静静地相拥在一起。行人匆匆而过，没人会注意一对情侣。但我想，那时候的他们应该周身都发着光，嗯，一定是的。

从此南阳和素素就相依为命，素素把一个安稳的工作辞了，陪着南阳。南阳在通道里唱歌，素素就在旁边陪着，静静地看着。南阳说素素最喜欢他的那首《我是不是你最疼爱的人》，觉得让人很心疼，就想打心眼儿里照顾他。

南阳把他钱包里唯一的那张照片拿给我看。有些泛黄了，但看得出来，素素特别干净漂亮，是那种你看见就觉得很舒服的姑娘。

几年间，素素陪着南阳唱遍了北京的大街小巷、地下通道。在北漂歌手圈子里，南阳是最为出名的，别人都叫他们“南阳素素”，他们也是许多人羡慕的一对。就在一切看起来都要好起来的时候，就在南阳打算在北京买房子，打算娶素素的时候，素素的父母来北京了。

见到素素父母的时候，南阳就明白了，为什么素素可以两年不上班，还能拿出钱给他买烟买酒买吉他，从来没见她犹豫过。

南阳也明白了，为什么素素身上衣服的牌子他都不认识，因为一件就够他在地下通道唱几个月了，素素一直小心翼翼地维护他脆弱的自尊。素素的父母一百二十个不愿意他们在一起，铁了心让他们分手。素素爸拍着南阳的肩膀说：

“看得出来，你是个好小伙子，踏实，能吃苦。可我不能让素素跟着你吃苦，这两年她从不让我们来北京，就怕我们知道她过得不好。我姑娘从小就娇生惯养，跟你这几年，也够情谊了，你不能耽误她一辈子。我从别的地方也打听到了你们的事，我想再等等，给你们时间，但已经够多了，我不能再让我姑娘耽误下去了。”

南阳只是点头，他没有任何理由反驳。他知道，他没办法给素素更好的生活。素素也一开始就知道，他俩没法在一起，所以才会说那句“我叫素素，你别忘了我”。南阳没求素素的父母让他们在一起，他说：“我就一个请求，让我跟素素再待一晚，第二天我亲自把素素送回来。”素素父母勉强同意了。

回家后，两个人都没说话，沉默，素素先开口：

你不知道，在我的生活里，你就像一个信仰。

“南阳，时间到了，我已经拖了几年了，家里的工作，一切都安排好了……”

“还有男朋友吧？”南阳低着头说道。

素素没说话，彼此心知肚明。那天晚上说了许多的话，南阳说好多都不记得了，他只记得后来，素素拉着他的手哭着说：

“南阳，你答应我，一定要好好唱下去，没有我，你也得好好唱下去，这么多年都过来了，你不能就这么放弃。这辈子最不后悔的事，就是下雪的那天遇见你。你不知道，在我的生活里，你就像一个信仰，突然出现在我的眼前。那年北京的雪，你就那么倔强地站在那里，我觉得这辈子都在那个晚上过完了。”

南阳说到这儿，只是哭，从很小的声音到放声大哭。我拍了拍他的肩膀，我不知道该怎么安慰他，也无从安慰。南阳抬起头干了一杯酒，抽了一口烟，继续说：

“后来素素走了，我也不想唱了，回家待了几个月，想忘了关于北京的一切，包括素素。可后来我发现，人不是说忘就能忘的，逼着自己无情也不行。毕竟爱过，而且还是那么无望地爱过。你遇见我的那天，是我刚回北京的第一天，因为素素，我觉得我必须回来。”

“你们就这么散了？几年的感情，你没再努力过吗？”

南阳笑着说：“怎么会不努力？我攒了钱去看她，她不见我，去她家楼下，也不见我。”

我说：“素素可够绝情的。”

“我懂她，她是想告诉我，我们回不去了。我不怪她，是我不懂事，毕竟她已经结婚了。”

“结婚了？”

“是啊，两个月前。”

“你一点儿都不恨她？”

“不恨，你不知道，能当一个姑娘的信仰，是多大的荣幸。”

后来又聊了许多别的事，一直喝到饭店打烊。回去的路上，我和南阳抽着烟，不说话。就在要分别的路口，南阳叫住我。

“素素走的那天晚上，给我唱了首歌，就是那首我唱给她的《我是不是你最疼爱的人》。她跟我说，南阳，你不要难过，毕竟我把最好的一部分，留给了你最好的岁月。”

我说，南阳，给我唱首歌吧，就唱这首，南阳说好。于是两个男人，像两条悲伤的狗，坐在北京六环的马路边，唱着那首歌。

现在为了什么不再看我
我是不是你最疼爱的人
你为什么不说话
握住是你冰冷的手
动也不动让我好难过
我是不是你最疼爱的人
你为什么不说话……

我没告诉南阳，上个星期我刚刚失恋。毕竟我的悲伤和他的悲伤不在一个层面，以至于觉得我的感情和他相比，只能算作萍水相逢，而他才是刻骨铭心。

我跟南阳说，素素不欠你的，你也不欠她的，但你们就是对不起彼此。

离开后，我便再也没见过南阳，后来听说他去了宁夏，又去了大理，去了西藏，朋友圈里发着各处风景。几天前的一个歌唱比赛里，我突然看见一个叫“南阳素素”的歌手，我知道，这么多年过去了，他走过来了。电视里他黑了许多，但更健康，笑容还是那么真实。他唱了那晚我们唱的那首歌，唱哭了观众还有评委。我没有继续看下去。

关了电视，我给南阳发了一条短信。我问：“后来呢？”

几分钟后，南阳说：

“哪还有后来啊……”

对她而言，她的全部信仰都在那个人的身上了。

02

阿苏姑娘

其实很久以前我就不再相信爱情了，还好，有阿苏姑娘，让我相信，爱情在她那儿，永远都在。

其实很久以前我就不再相信爱情了，不是因为我遇不到，也不是因为我滥情。是见了太多劳燕分飞后的情侣，从开始的温柔甜蜜，变得歇斯底里无法妥协。我相信他们一开始是有爱的，但可能被现实慢慢地消耗掉了，最后只剩下无休止的厌烦。

还好，有阿苏姑娘，让我相信，爱情在她那儿，永远都在。

阿苏姑娘有个很好听的名字，叫“苏好”。但我还是习惯叫她阿苏姑娘，毕竟一个情深意重的女孩，是配得起姑娘二字的，而且是永远。

我是在一个晚上遇见她的。那晚我和朋友喝完酒出来，准备回家的路上，她孤零零地站在人行道边上等着绿灯，迷幻的夜色衬着她的背影，随手撩拨的头发，看起来那么美好。她身边有个大行李箱，在她准备走的时候，箱子突然倒地，箱子里的东西散落一地。我上前帮忙，她抬头看了我一眼，说“谢谢”，我点了点头，帮她整理箱子，仔细看了看，才发现箱子里大部分装的都是信件。整理好后她点头示意，转身打车走了。

留下我一个人愣在原地，半天才缓过神，心想这姑娘长得可真好看啊。

对于这次随手当雷锋的事，我并没放在心上。半年后公司的一次活动上，她作为乙方代表出席。散会后她走过来。“上次谢谢你的帮忙了。”她笑眯眯地说着，落落大方。我倒是拘谨得不行，笑着说：“没，没事，都是举手之劳。”她好像看出我的紧张了，忍不住低头偷笑。分别的时候交换名片，“苏好”，我默默地念着。

同事过来拍我肩膀笑着说：“这女孩清高得很，多少人都追不上，你啊，别惦记了。”我只笑没说话，我知道这姑娘心里有人的，那天晚上我帮忙收拾箱子的时候，发现所有信件都是一个叫宋明的人寄过来的。

某天周末，对门声音很大，像是在搬东西。我扒在猫眼上看了看，新搬进来的邻居竟然是苏好，好吧，不知道她知不知道我就住在她对门。故事情节突然感觉好像当年很红的那篇网络小说《我和空姐同居的日子》，可我并不是男主角，苏好也不是空姐，所以这故事并不狗血，反而让人心酸。

晚上我出门遛狗，正好碰见她出门，从她惊讶的眼神里看得出来，她根本不知道我住在这儿。我先开的口：

“哟，挺巧啊，你这是串门还是？”我只能装作不知道了。

“我今天上午才搬过来的，没想到是你的对门，真是太巧了！”苏好笑呵呵地说。

“可不嘛，我正好出门，没想到碰见你了，还做了邻居，以后有啥需要帮忙的，尽管说。”我决定好人做到底。

“那个……还真有点儿事，想求你帮忙。”苏好难为情地说。

“什么事，尽管说吧。”

“卧室的门把手掉了，我装不上，你能修好吗？”

“这事，小菜一碟。”话已经说出去，只能顶着上了。

“那太感谢你了啊，里面请吧。”

屋子收拾得特别干净，我一想我的房间，幸好没邀请苏好过去。她逗着狗玩，我修着门。还好坏得不是很严重，就是螺丝掉了，重新安装就好了。这在苏好看来已经很了不起了。

“你太厉害了，不到几分钟就修好了。”

“其实也没多难啊，只不过这不是女孩干的活儿啊。”

我没想到这句话会让苏好红了眼眶，说完我就后悔了，但我并不知道是哪句话说错了。有些时候，最尴尬的是，你明知道是因为你的原因，令对方不高兴，但你却不知道是什么原因才会这样，以至于想开口道歉，都找不到切入口。

我尴尬地站在那里，苏好红着眼眶说：

“我没事，今天谢谢你了，我有点儿累了，想休息下。”

“好，你休息，我遛狗去了，有需要你就说话。”

苏好点点头，没再回答。我牵着狗走了，傻狗抬头看了看我，好像在说：“狗屁雷锋，成事不足败事有余。”我踢了它一脚，它叫了一声，不知道我为什么踢它。仔细想想，其实狗怎么会说我，是我自己觉得自己挺傻的，狗都不看我了。

连续几天都没见着苏好，我也不好意思去敲门，只能再等等了。

再见已经是两个星期后了。小区停电，她过来敲门问我有没有蜡烛，我说就一根了，给你用吧。过了两小时来电了，她又一次敲门：

“谢谢你了，这么晚你肯定没吃饭吧？”

“嗯，确实没吃，刚刚打算烧水做饭，就停电了。不过没事，一会儿去楼下随便吃点儿就好了。”

“你要是不嫌弃，就过来一起吃吧，我刚包了饺子。”苏好笑着跟我说。

“哈哈，当然不嫌弃，走吧，正好很久没吃饺子了。”

有了这几次的接触，慢慢地跟苏好也就熟了，平时有事没事她都习惯来我这里蹭雪糕，我也经常去她那儿蹭饭吃，没想到像她这样的姑娘竟然可以把菜做得那么好，确实让我惊讶。其实这么久的相处，要说我一点儿不动心那是假的。姑娘貌美如花，烧得一手好菜。但总觉得她和我之间隔着什么，具体是什么，我自己也琢磨不透。直到她生日那天，我才知道，她一个人在北京，以及那个晚上独自行走的原因。

晚上下班，她给我发短信，说今天她生日，让我买点儿红酒。我喜出望外，下班就直奔超市，买红酒，选礼物。晚上到家的时候她已经把饭菜准备好了，在那一瞬间的恍惚中，忽然觉得，我俩好像是生活了十几年的夫妻：我下班买酒回来，她已经把一切都照顾妥帖。她跑过来说怎么这么久，我这才从恍惚里醒来，尴尬地笑笑。我们聊了很多，也喝了很多酒，我想问她为什么一直自己一个人，几次想开口，都生生地咽回去了。她似乎察觉到了我的异样，拿起酒杯，一口气喝了，直直地看着我说：

“我知道你心里有怀疑，有什么想问的，就直说吧。”

“我倒是没什么想问的，就是想问你为什么一直自己一个人。”

我说完这句话，她眼神里的光芒忽然暗淡了下去，像是活了一个世纪的老人。她慢慢拿起酒瓶，缓缓把酒倒入酒杯，喝了一口，叹了一口气说：

“我不是一直自己一个人，我有一个男朋友，初中的时候就认识了。他对我很好，我们也一起走了很多年，当年想考到一个学校，后来我的成绩差了三分，没能考上。我就辍学不念了，做过销售，做过服务员，后来自学的夜大。他上大学，我工作供他读书，他父母在他很小的时候就去世了，他说就我这么一个亲人。所以，我做什么，都是心甘情愿的。”

说到这里，她眼泪就流出来了，我不知道该怎么安慰，只能问“后来呢？”

“后来他因为成绩好，被保送出国留学啊，我就继续赚钱。他说等毕业后拿了绿卡就接我过去，我们结婚。所以这么多年，我并不是一个人啊，我是有男朋友的。”

我没接她的话，从她的眼神里，我知道事情没那么简单，事情的结局很明显，那男人不要她了。

我问："他把你甩了，是吧？"

她没说话，只是点点头，后来又说："他没甩我呀，可能只是学业忙啊，他没时间给我写信罢了，不信你看。"她起身去拿来一箱子的信，如数家珍般地说："这封是他英语得了 A+ 时给我写的；这是他寝室同学过生日写给我的；还有这封是他生病了，说想我，给我写的……"每封信的内容她都记得，如果没猜错，她应该看了很多次了。她边说边哭，最后抱着一箱子的信号啕大哭。我就站在她旁边，没有说话，没有安慰。

过了半小时，她坐在地上抬头看我，问我：

"你说他会不会不要我了？他还会不会回来？"

我说："我不知道，如果他爱你，就不会把你扔在这里不管了。"

"可他说了会娶我的啊，婚纱我都选好了……"

"有些话，我知道我不能问，也不能说，他多久没联系你了？"

"一年了。"她呆呆地说，让人看了特别心疼。

我蹲下来，拍着她的头，告诉她，如果她真的放不下，就去找他吧。她点点头，说会的。随后站起身，慢慢地说："对不起。"我知道她的对不起是什么意思，我也明白，任谁也不能从她心里把那个男人赶走，即便是那男人对不起她，对她而言，她的全部信仰都在那个人的身上了。爱情真美好，可也真不美好啊。

隔了一个星期，她告诉我说打算出国去找他，我知道她肯定会去，只是差了一个人给她鼓励。恰巧我就是那个人。我告诉她一路小心，希望此行顺利。因为当时在开会，我没打电话，只给她发了一条短信：

“我希望，这是你最后一次为了爱情卑微自己。”她只回了一句话：“我爱他就不卑微啊。”我哑口无言。

苏好已经走了十多天，对于我来说只是少了一个可以吃饭的地方，虽然时常会想念她，日子过得倒也相安无事。一天晚上半夜十二点多，电话响了，是苏好打来的。

“我找不到家，我找不到家了……”

“苏好吗？你别着急，慢慢说，你现在在哪儿，我去接你。”

“我在机场，可是我找不到家了。”

我飞快穿起衣服，拿好钥匙飞奔下楼，打车直奔机场。到了首都机场门口，就她一个人站在那里，孤零零地，和那个晚上一样，我不由得心疼起来。我走过去，把她揽在怀里，告诉她到家了。她一直哭一直哭，一直说着找不到家了。我说有家，我带你回家。

回家的路上，她靠在我的肩上睡着了，看起来瘦了不少。不用说，事情的结果应该很糟。到家后，她只是呆呆坐在那里，不说话，也不喝水。我也不好再说什么，把水烧好，切了点儿水果，就悄悄把门带上了。出门的时候我留了个心眼儿，把门夹了张字条，没锁。后半夜，我听见屋子里有动静，起身去看，苏好竟然倒在了地上。

抱起她的时候，回头看见了地上的安眠药，我知道这姑娘是想不开了。送医院后，折腾了半夜，洗胃输液，把本就憔悴的苏好折磨得更加虚弱。我给单位打电话请了一天假，打算好好陪陪她。第二天中午她醒了，还是不说话，就是流眼泪。我说：“怎么了，有什么事过不去的，跟哥说。”她回头看着我，许久才说：

“他结婚了，和他同学，跟我说是为了拿绿卡，让我等他。”

我希望，这是你最后一次为了爱情卑微自己。

在此之前，我见过渣男，可是没见过这么渣的，我气得不行。她又说：

“你说，我该不该等他？”

我从愤怒转为无奈以及更深的难过，我没想到这姑娘这么傻，也不知道那小子用了什么花招，把她骗得这么彻底。

“傻姑娘啊，他是骗你的啊，你怎么还会信呢？”

“是啊，他是骗我的，我知道，可为什么他还要让我等，他难道不知道，他只要说让我等，我就会等下去吗？”

“那你为什么不快点儿放弃他？”

“我只是以为我们会在一起的，我以为会在一起……”

“这世上，哪儿有那么多你以为啊，不爱你就是不爱你了，别再想了。”

“嗯，不想了，死了这一次就知道了。”

苏好休息了差不多一个月才出院，回家后我给她做了鸡汤，她倚在门口看我在厨房忙着，神情黯然地说：

“你真是个好人，如果可以，我真希望你是我男朋友。”

“可我始终不是他啊，人是无法替代的，即便没了爱情。”

“我不知道怎么才能谢你。”

“不用谢，就像你爱他，不需要他谢你一样。而且我知道，我们之间没有爱情，只有交情。”

“但我想跟你说句心里话。”

“你说。”

“在这段日子里，我心里有你。”

“嗯，已经够了，吃饭。”

2011年底苏好搬走了，没通知我，是在我上班的时候搬走的。回家开门的时候发现有封信，是苏好给我的。她说她走了，离开北京了，打算去别的城市走走，屋子里那一箱子的信留给我处理，她不想再带走了。信的内容很简短，不拖泥带水，结尾处写着：“会有人像你爱我一样爱你的。”她门没锁，我直接推门进去，屋子里干干净净的，中间一个大箱子。本打算直接扔了，但因为有封信掉了出来，好奇心的驱使让我没忍住，坐在地上，把整箱的信都看完时已经是凌晨两点半了。

其实，她的男朋友早在北京上大学的时候就因病去世了。箱子里所有的信都是苏好写给自己的，假装男朋友还在，然后毕业，出国，结婚，分手。这看起来似乎像一个精神病人自导自演的故事。只有我知道，她其实一直都没从她男朋友去世的阴霾里走出来，这么多年了，在外面光鲜靓丽，夜晚独自写信，寄出去，拆开信，再继续写。她想把男朋友塑造成一个负心的人，在某种潜意识里她已经相信这个男朋友抛弃她了。慢慢地把自己都骗过去了，包括我。后来她去美国也只是一个借口，她是去家乡看那男孩的父母了。她是想给自己一个了断，这么多年了，她想走出来，也想忘记。可真的回家见到男孩父母，接受这个事实后，回到北京突然没了牵挂和期待，所以才会哭着跟我打电话说，找不到家了。

其实在她心里，那天在机场，她才接受自己男朋友真的去世了。

苏好爱得太深沉，以至于迷失了自己，但也证明，她的爱是真的。至少对那个男孩来说，他已经可以安心地走了，苏好也该开始一段新的生活了。

2014年底，苏好给我打电话，说在丽江开了个酒吧，让我放假的时候过去。从电话里能听得出来，她应该已经忘记那段日子了，至少不像我认识的那个阿苏姑娘了。人们都说爱情越来越少了，其实是相信爱情的人越来越少了，就像开头说的，我是一个不相信爱情的人了，但还好有阿苏姑娘，她让我相信，爱情在她那儿，永远在。

我在阳台抽了根烟，在朋友圈发了一句话：

“这么多年，难为你了，阿苏姑娘。”

后来苏好回复说：

“不难为，至少多爱了他许多年啊。”

都说爱着的人会闪光，我想那道光也会照着他爱的人。

03

九斤小米

一个小学班外加初中班和高中班，共同见证了周九斤一路的辛苦，我们都觉得爱情已经不值一提，但在周九斤这里一直那么干干净净，而且货真价实。

有些人的存在，就是为了证明另一个人的重要，他会用长久的日子来证明自己的用心良苦。都说爱着的人会闪光，我想那道光也会照着他爱的人。

周九斤是我们班最瘦的同学，但因为刚生下来时，重达九斤，周母高兴，就直接叫了九斤。

周九斤是我小学同学，刘小米是我同桌，我们认识的时间太久了，久到已经不记得是什么时候认识的。周九斤从小学三年级就开始喜欢刘小米。

刘小米是三年级转到我们班的。为了能跟刘小米坐一起，他请我吃了一个学期的冰棍，后来老师死活不让换，这也就成了他童年的唯一遗憾，我也成了他童年回忆中的恶人。

不知不觉，我成了周九斤的送信童子，每次上课时他想传字条，都是经我送到刘小米手中的。我劝周九斤为了我的前途，能少写点儿吗？他总是笑嘻嘻地说，为了我以后的幸福，你就成全我吧。

周九斤是真喜欢刘小米，每天早饭不吃，把省下来的钱给刘小米买冰棍儿吃。以至于成年后，刘小米始终比周九斤高五厘米，肯定是当年在长身体的时候，周九斤耽误了。我不止一次问过他，为什么喜欢刘小米。他说：

“你不觉得刘小米笑起来特别好看吗？特别是那根小辫子，就像蜻蜓的尾巴。”

很小的时候我就觉得他的比喻有问题，谁会说一个姑娘的辫子像蜻蜓尾巴呢？

也难怪刘小米不喜欢他——太不会说话。不过因为他的不要脸，事情还是有了起色，只要有刘小米在的地方，就一定有周九斤。

时间久了，班里的同学一看见他们俩，就喊他们是“九斤小米”，想想其实还真挺配的，既是农家一袋粮，又是秀恩爱的好名字。

可所有的一切，都不妨碍刘小米不喜欢周九斤。我很早就问过刘小米，你为什么不喜欢周九斤？刘小米的回答意味深长。

“周九斤哪儿都好，就是太张扬了，恨不得全世界的人都知道他喜欢我。”

我说：“他就是希望全世界都知道，你是他的。”

刘小米撇撇嘴，没再说话。

刘小米学习特别好，情商高，也挺早熟，每次都是班里前几名。

可周九斤永远都是吊车尾，但他好像都不担心。偶尔周九斤也会打架，但打的都是喜欢刘小米的男生。日子就这么过着，周九斤依然每天接送刘小米，上学的路上，永远都是周九斤在说话，说一切能逗笑刘小米的话，后来每天早晨，周九斤见了刘小米都说：

“小米小米，你看我是不是长高了点儿？我快赶上你了吧。你什么时候做我女朋友呀？”

刘小米总是笑眯眯地说：“还差点儿，快了快了。”

周九斤之所以每天都缠着刘小米这么说，是因为在小学的时候，刘小米就告诉他，如果想让我喜欢你，你就要比我高。

从此周九斤的生活里，除了刘小米就是吃鸡蛋打篮球。不管周九斤怎么努力，刘小米始终比他高五厘米。周九斤不止一次跟刘小米说：“你等等我，别长那么快呀，我很辛苦的。”

终于有一天，刘小米不再长个儿了，可还没来得及高兴，周九斤

发现，自己也不长了，于是他们的身高永远相差五厘米。

刘小米究竟喜不喜欢周九斤，没人清楚，但我知道。有一次周九斤发烧，没来上学，刘小米第一次自己上学。多年后刘小米告诉我说，那天她是一路哭着去学校的。可这也是许多年后我才知道的，年少的周九斤自然无法知晓，他仍然在孤军奋战，傻了吧唧地爱着刘小米。

高中毕业后，刘小米去了上海的大学，周九斤没考上，差了五分。就像他和刘小米的身高一样，永远差着五厘米。其实那时候周九斤不知道，刘小米如果脱了鞋，他们是一样高的，可没人告诉过他，他也不敢去问。

刘小米在大学上课，周九斤就在外面赚钱，卖衣服、摆地摊、烤肉串、当司机，什么赚钱他做什么。每到周末就去学校等着刘小米出来，陪着玩陪着吃。

钱都给刘小米花了，自己一件衣服舍不得买。周九斤说值得，刘小米一个人在外地不容易，自己应该照顾好她，毕竟是自己媳妇。

大三的时候，刘小米交了男朋友，不是周九斤。

听说那男孩长得人高马大的，是学生会主席，用一束玫瑰花把刘小米从周九斤身边抢走了。

周九斤后来跟我说过好几次，玫瑰花有啥用呢？她要喜欢，为啥不早跟我说呢？

我想告诉他，女孩的心思不是问的，得猜，但还是忍住没说。听说那个男孩正好高过刘小米五厘米，我们也终于知道为什么这么多年，周九斤没戏了。

后来周九斤说："有些事，勉强不了的，我看着都觉得好般配呢。"

我心疼，骂他是傻逼。他也不反驳，他说从小学追刘小米一直到现在，不后悔，但也累了。

半年后周九斤离开上海，去了宁夏，跑运输，一路从南到北地奔驰，月月如此。

再后来大学毕业，刘小米跟学生会主席分手，找工作，搬家，都是周九斤跑去上海帮忙的。也不说什么，就是闷头干活。

刘小米看着周九斤的背影不是滋味，谈不上是什么感觉，像感动又不像，就是心疼，但肯定不是爱。

因为刘小米知道自己想要的是什么样的人，自己不说，对方就懂。

可这件事，周九斤做不到，这么多年一次都没有。

看电影只看团购上有的，吃饭只选打折的，从不问刘小米喜欢吃什么，想看什么。自己一意孤行地决定着。

因为刘小米的原因，周九斤把运输线改成上海到宁夏，他说从上海出发，再从宁夏回来有奔头，因为刘小米等着他呢。刘小米有一天晚上吃饭的时候问周九斤：

“九斤，你追我这么多年不累吗？”

“不累，就是你总不搭理我，觉得有些委屈。”

“那我下个月做你女朋友吧，你别委屈了。”

“为啥要下个月啊？”

“下个月就是你追我整十三年了呀。”

周九斤终于追到了刘小米，花了十三年的时间，跨越了他整个人生。虽然要下个月，但他也高兴，这么多年都等了，不差这最后一哆嗦。

消息传开后，曾经的班级群都炸了。一个小学班外加初中班和高中班，共同见证了周九斤一路的辛苦，我们都觉得爱情已经不值一提，但在周九斤这里一直那么干干净净，而且货真价实。

周九斤特别高兴，他想给刘小米好的生活，想把最好的给她，给我打电话时，嗓门都提高了，跟我说：“功夫不负有心人，你看我还是成功了吧，刘小米就是我媳妇。”

我说是啊，这么多年了，不是你的还能是谁的，什么时候办喜酒啊，班级里都等着随礼呢，都等太久了。

周九斤笑呵呵地说：“快了快了，年底就结婚，到时候你们都来啊。”

我说：“一定。”

有时候，你关注一个人久了，你就觉得，
这个人是你的了。

周九斤是2009年冬天走的，宁夏回上海的高速，大雾，车祸，人当时就不行了。

距刘小米答应周九斤的日子，还剩半个月。

周九斤的葬礼是回老家办的，大部分同学都回去了，葬礼那天，所有人都哭了。

就在葬礼快结束的时候，刘小米来了，她散着头发，光着脚，手里拎着高跟鞋。

她慢慢走到周九斤身边，趴在周九斤身上，像哄睡着的周九斤一样，轻轻地说：

“周九斤，你看，我和你一样高了。”

“我可以做你女朋友了，你快叫我名字啊！”

“周九斤，我是刘小米，你快起来送我上学吧，我快迟到了。”

“楼下旁边又开了新饭店，你快带我去啊，求求你了……”

我们实在看不下去，强拉着刘小米离开。挣扎的时候，刘小米的眼泪落在了周九斤的脸上。

周母哭着说：“我家九斤可怎么走啊，他走不了了，走不了了。”

后来我才知道，老人都说人死了，是不能让活着的人的眼泪碰到身体的，不然无法轮回投胎，就得一直陪着掉眼泪的那个人。

这件事虽然不知真假，我没告诉刘小米，但我相信，周九斤肯定是不想走的，他是多想一直陪着刘小米啊。

第二天周九斤火化的时候，我们打算把他的东西都烧了。

可到最后发现，哪有什么东西，全是刘小米的照片，有考试后的，有毕业时的，很多阶段，就差他们的合影。

刘小米求我们把东西给她，别烧了。有几个朋友气不过骂刘小米：“他虽然爱你这么多年，可你没资格要他的东西！”

我拉开他们，把东西给了刘小米。她抱着那堆东西，蹲在地上，哭得撕心裂肺。我知道她为什么那么伤心，那个爱她半辈子的周九斤没了，再也不可能有了。

从那以后，我再也没见过刘小米，有人说她回上海了，也有人说去了宁夏，总之就是没再安稳过。我不知道没了九斤的小米会不会习惯，但也相信，过去这么久了，她应该知道，九斤确实是用了一生去爱她。

年底高中同学组织了同学会，我本不打算去，后来群里有几个人私信我说，听说刘小米会去，这么多年，难得这么齐一次，能回来就回来吧。

三年未见的刘小米依然单身，手上戴着佛珠，神态静素。我问："你这是信佛了？"

刘小米点头，说："也不是信佛，就是舍不得他，想让自己心静一些，也想知道人生在世，到底为了什么。"

我说："你就打算一直这么单着吗？"

刘小米笑笑说："我没法爱上别人了，我欠周九斤的，一辈子都不够还。"

"你欠他什么？"

"欠他一个答案。"

"什么答案？"

"……"

周九斤笑嘻嘻地问刘小米：

"小米小米，你看我是不是长高了点儿？我快赶上你了吧。你什么时候做我女朋友呀？"

因为你知道好的爱情是什么样，所以不对的人根本对付不了。

好的爱情，终归是要等一等的。

04

倪安斌和刘晓娇

我这一生会遇见许多姑娘，但还能让我死心塌地爱上的，估计没有了，除了刘晓娇，不可能再有了。

“我这一生会遇见许多姑娘，无论以前或者以后，都会随时遇见，但还能让我死心塌地爱上的，估计没有了，除了刘晓娇，不可能再有了。”说这话的人是我兄弟倪安斌，刘晓娇自然就是那个让他放不下的姑娘。

生活就是没有编剧的电影，所有的情节和高潮无人知晓。有时候你觉得生活平淡如水，没有激情，那一定是属于你的剧情没有到，真到发生那天，可能比偶像剧还要令人难忘。

故事得从四年前说起。当时的倪安斌刚大学毕业，同寝兄弟都打算去外地发展，把他也叫上了，他也觉得应该趁着年轻出去走走，毕竟哈尔滨这座冬天比夏天还要长的城市，也待够了。

觉得自己不像学校里别的男生，他们或许有难以忘怀的感情、难以割舍的女友，大学四年安斌的生活就像一张白纸，安静地躺在地上，就连被人踩一脚的机会都没有，平凡得可怕。有些事情是需要做出改变了，至少得换个地方当白纸。

他打算年后动身，春节之前想陪陪父母，买点儿年货，就这样，冬天基本不出门的他，还是出去了。后来他跟我说：“那天如果算是人生的一个分界点，那些注定会发生的，就一定会发生，任你怎么躲都不会错过。”

其实说来也怪，本来这次出门，是安斌的母亲要去的，安斌的爸爸可能看他在家待烦了，就让他出去走走，本来母亲还是要跟着的，安斌不让，说自己去就行了。

出门的时候，闻见别人家传过来饺子的味道，安斌心想着买点儿牛肉，晚上包饺子吃。

就在回来的路上，在一个街口遇见了个姑娘。用他的话来说，当时他就觉得这姑娘真牛逼，哈尔滨零下38摄氏度的天气，就穿了一件T恤配条牛仔裤。

姑娘手里拿着五串糖葫芦，翻了几分钟钱包，最后发现没带钱。

倪安斌一直是我们这帮朋友里出了名的倪大善人，持家有道的好青年。他几步走过去，问人家多少钱，掏钱付账走人，头都没回。

后来我问他，你当时怎么一句话不说就走？

他说："我要是再留下，估计就得脱衣服给她了。"

要不怎么说这是个牛逼的姑娘呢，几步就追上了，拍着倪安斌的肩膀说："帅哥怎么称呼呀？多大啦？谢谢你啊！"

倪安斌当时就觉得碰见了缺心眼的，看了她一眼，没说话。姑娘急了："你是哑巴还是跟我玩深沉？我问你话呢！"

倪安斌说："我不是哑巴，就是觉得你这姑娘太虎了，几块钱的事，用不着跟查户口似的吧？"

"就是想谢谢你，改天我把钱还给你，哦对了，送你两串糖葫芦，特甜。"

没等他说话，糖葫芦就塞到手里了，倪安斌刚想说我不喜欢吃这东西，姑娘转身就跑了。倪安斌左手拎着牛肉，右手拿着糖葫芦就回去了，一进屋他妈就问："哟，今儿是怎么了，我儿子返璞归真，童心未泯，想起吃糖葫芦了？"

倪安斌没搭话，糖葫芦给他妈一串，给他爸一串，自己去里屋躺着了。躺床上安斌就想，这姑娘长什么样都还没看清楚呢，我怎么就走了？活该自己单身，可惜我的五块钱了。

一个男人最珍贵的品质只有一个，
深爱一个女人，并且爱她一辈子。

事情就这么过去了，安斌陪着父母踏踏实实地过了一个年，平时也出来跟我们喝个酒聊聊天，晚上的时候去中央大街看冰灯，看着路上都是成双入对的，安斌心里不是不落寞。但感情的事就是这样，你永远不能像买菜一样，随便抓一把就交钱，这种事没办法对付，俩人要真不是一个频道上的，还真就长久不了。

后来的事，安斌没再想过，哈尔滨虽然说只是个省会，但也不小，两个萍水相逢的人能遇见，但不见得分开后再重逢。这种概率比买彩票高不了多少。

可该遇见的人，总会遇见。初三安斌去给亲戚们拜年，在一个小区的门口碰见了她，一个人蹲在地上，肩膀微微颤抖，光凭那个背影，安斌就认准是她了。他走过去，用手轻轻碰了一下她，问她怎么了？姑娘慢慢抬起头，暗淡的目光一点点明亮起来，很是惊讶。

“没想到在这儿碰见你啊，你还记得我不，你欠我五块钱呢。”

姑娘一抬头，吓坏了他，满脸的泪痕，直直地看着他，也不说话。

“你怎么了？怎么还哭了？钱我不要了，我开玩笑呢。”

刘晓娇被他这句话逗笑了，笑中带泪，特别好看。倪安斌说他从没见过一个姑娘哭着笑，还能那么好看。我说你真他妈酸啊，东北爷们儿还能这么酸。安斌说那是你没见过，就像你没见过月亮的时候，月亮不会因为你没见过它，就不亮了。

“我没怎么，就是肚子有点儿疼，蹲一会儿就好了。”她说。

“那怎么行啊，这么冷的天儿，没病也冻坏了。走吧，前面不远就是我家，去我家坐会儿吧。”

我们后来都说，听过过年拜年给红包的，也听过过年交好运的，但就是没听过还能在大街上捡女朋友的，可安斌就这么捡了一个女朋友回家。

进屋后自然把他妈吓一跳。倪安斌念了四年大学愣是没处女朋友，他妈也是急坏了，看见儿子领着个姑娘进屋，自然是喜出望外，连问都不问，满脸笑容就迎上去了。

刘晓娇也是聪明，一口一个阿姨叫着，一口一个叔叔喊着，把俩长辈哄得那叫高兴，比当年倪安斌考上大学还高兴。聊了一会儿，他爸妈互相使了一个眼色，说道：

“安斌啊，你四姨还叫我们去打麻将呢，我跟你爸先去了啊，好好招待人家，厨房有水果，洗洗给人家吃。”

“姑娘，你先踏实坐着，跟我们安斌唠唠嗑，我跟你叔叔出去打会儿麻将。”

临走的时候，还硬要塞给刘晓娇一千块钱，说喜欢什么买什么，常来玩。

倪安斌从进屋就没说过一句话，都是晓娇在说，如果当时他跟他妈说，我俩才认识不超过半小时，那他妈肯定疯了。可毕竟第一次领回来个姑娘，看他妈那高兴劲儿，知道说什么都没用。

爸妈走了后，他反倒紧张了，低头默不作声。刘晓娇先开口：

“帅哥，阿姨挺逗啊，是不是把我当她儿媳妇了？好了，正式地自我介绍一下吧，我叫刘晓娇，拂晓的晓，娇柔的娇。这一千块钱给你，就当我还你钱了。”说完还吐了吐舌头。

“嗯，我妈那人你别介意，我没带过姑娘回家，我没来得及解释就这样了。那什么，我叫倪安斌，还有这钱我不能要，这是我妈给她儿媳妇的。”

说完这孙子脸就红了，刘晓娇笑得花枝乱颤。

“那个，晓娇，你要是没什么别的意见，这钱你就收下吧，咱俩接触接触呗。”

“成啊，我没意见，我看在阿姨的分儿上，还有你请我吃糖葫芦的分儿上。”

俩人的关系就这么定下来了，在我们圈里，属于绝对的传奇。

相识不超过一小时，直接见家长，互报名字后，在连家庭背景都不熟的情况下，俩人就这么好了。不过晓娇倒是一直没带安斌见她父母，总说再等等。

如果一直这么走下去，这俩人应该是我们这群里最幸福的一对了。可有些事吧，总是事与愿违，就像我说的，生活从来就是随心所欲的，它支配着你向前走，可能心情好了让你美几天，心情不好，让你难受好几年。

那段时间俩人如胶似漆，走到哪儿都是黏黏糊糊，十指紧扣，双眸传情的，经常恶心得我们不行不行的。刘晓娇每次都说，你们要是难受，自己找女朋友去。可后来，几个月都见不着他俩，我们也忙着准备出去工作的事，也就没怎么联系。直到有一天，倪安斌给我打电话，声音嘶哑着说：

“出来，陪我喝酒。”

听他的语气，我当时就觉得，事情可能没那么简单。他从来不这样，至少他从来没主动叫过我喝酒，我也就谁也没招呼，自己去了。后来想想，是对的。

下了车，看见站在饭店门口的他，顶着乱糟糟的头发，胡子也没刮。见我来了，一句话也没说，转身就往饭店走，我也就跟着进去了。

酒过三巡，菜过五味，我还没问，他终于肯开口说了：

“晓娇不见了，就留下一封信。”

他把信推给我，我迟疑着。他说看吧，除了你，没谁能说了。

信的内容是这样的：

安斌：

你看见这封信的时候，我已经飞到另一个城市了。这几个月的相处，让我觉得你就是上天送给我的礼物。你从不问我不说的事，你说你无条件信我，有些事不说，反而安心。

是啊，我会安心，可我如何让你安心？你一定不知道我们第一次见面那天，我为什么穿得那么少，就站在街上，我不是疯子也不是臭美。

半个小时前我刚跟我妈吵完架，她让我滚出去，我衣服都没来得及穿就走了。

我妈在我初中那年就去世了，跟我吵架的是我后妈，平时待我还算不错，可自从她生了一个儿子，我爸就不再管我了。年前有一次高烧，去医院输液，查出我得了尿毒症，那天吵架就是她不想再给我拿钱治病了。

路过街角，突然就想吃糖葫芦。因为小时候每次难过的时候，我妈都会给我买糖葫芦。可我忘了我没带钱，然后你就像拯救我的天使一样，就那样出现了。

我这一生会遇见许多姑娘，
能让我死心塌地爱上的，
除了刘晓娇，不可能再有了。

安斌啊，你一定要原谅我，我没告诉你，就是不想让你担心，我可能已经没有时间陪你了，这些事情不应该让你替我承担，你还有很好很好的未来。

别担心我，我不会想不开。我会很努力地活着，我会赚钱透析，我会赚钱换肾。虽然我不知道要去哪里，但你要相信，当我后半生时间足够陪你走下去时，我就会回来。

看完信，我没再说话，我不知道该怎么安慰安斌，也不知道该如何劝他放手，这种时候说让一个人放手，是最不要脸的行为。安斌不是没找，可当一个人想消失的时候，太容易了，只要把周边所有的联系方式全部换掉。

更何况，安斌连晓娇的家在哪里都不知道，晓娇从来都不让安斌送她回家，都说自己能回去，让他别担心。我走的时候，安斌跟我说，他会等她回来。

春节过后，我们陆陆续续离开了哈尔滨，只有安斌一个人留了下来。朋友们问我为什么，我说他可能太舍不得这座寒冷又温暖的城市了。他们都说我矫情，我知道我不是。

时间过得一点儿都不慢，数着日子过的时候，觉得岁月漫长，可真要是回头看的时候，不是一晃许多年，就是弄丢许多人了。

再见到安斌已经是四年后了，就是故事的开头，我回来参加朋友的婚礼，安斌跟我说的那段话：

“我这一生会遇见许多姑娘，无论以前或者以后，都会随时遇见，但还能让我死心塌地爱上的，估计没有了，除了刘晓娇，不可能再有了。”

在外地的朋友们陆续回来了，总在外面飘着也不是个事儿，最后都得落叶归根。回来后的朋友们经常小聚，互相吹着年少时候的牛逼，女朋友换了好几拨，只有倪安斌还是单身。

所有人都认为当年是刘晓娇踹了倪安斌，我几次想解释，最后都被他的眼神压了下来。我知道他不想我多说什么，与其一段感情中途夭折，还不如有个人守着不可能的期望。

在某一次聚会上，朋友散去，就剩下我和安斌的时候，喝醉的安斌搂着我的肩膀说：

“我知道她可能已经不在了，四年了，每次路过那个街口，我总能听见她跟我说话。”

“‘帅哥怎么称呼呀？多大啦？谢谢你啊！’”

“你知道吗？我可能坚持不下去了，可我不想让她失望啊，我不想让她将来某一天回来的时候，发现我不等了，那她该多难受啊！”

就在我打算安慰他时，一个身影闪了进来。屋外的冷空气和屋子里的温暖交替着，让我的眼镜上蒙了一层薄薄的水雾，看不清是谁，只听见一句话：

“帅哥，这是欠你的五块钱。”

没错，刘晓娇回来了，没人知道她是怎么找到这家饭店的。我只记得喝醉了的安斌愣了许久，站在刘晓娇面前不敢上前。我擦着布满水雾的眼镜，笑着推了一把安斌，然后我找了个角落坐了下来。

安斌不说话，刘晓娇微笑着看他，后来安斌就哭了，像个小孩似的，跪在地上抱着晓娇一顿号，说你干吗去了，怎么才回来，给我一个电话也行啊，老子要是他妈结婚了怎么办啊。

晓娇像抚摸儿子似的，拍拍安斌的头说：

“乖，起来了，大家都看着呢，丢不丢人，我不走了，再也不走了。”

后来我没问安斌，晓娇这些年去哪儿了，也没问她的病如何了，我只知道既然晓娇能回来，就做好死磕安斌一辈子的打算了。月底安斌和晓娇就领证了，惊掉了所有人的下巴，只有我知道这四年安斌是怎么过来的。婚礼的时候，主持人让我作为朋友讲几句话送给新人。

我想了想，觉得这段话最适合倪安斌和刘晓娇：

“因为你知道好的爱情是什么样，所以不对的人根本对付不了。就像你知道，一双合脚的鞋总比不合脚的舒服，爱情也一样，好的爱情，终归是要等一等的。”

好的爱情很简单，

在你爱对方的时候，对方刚刚也爱着你。

05

夏琴方子善

想找一个温暖的人，无须身骑白马，无须伴蝶而来，只希望在某个午后遇见一个人，可以让尘封的心，突然温暖。

2005年方子善大学毕业，带着女友从哈尔滨奔到了上海，那里有他的理想。女友比他小两岁，用他的话说，女人比自己小，知道疼人。但结果，自己没人疼，反倒是自己对女友呵护备至。

子善的女朋友叫刘萌，和他同届。记得当初子善追刘萌的时候，曾轰动过那个不大不小的大学。过程是这样的：

下了晚自习，子善在自习室看书，看完出楼的时候，就听见有人喊："别耍流氓！"

他是个爱看热闹的人，自然凑过去瞧个明白。当拨开人群时，看见一个女孩气得脸色发白，和一个像混子的人纠缠。若是平时的他，自然看过热闹就会回寝室打游戏。但今天不同，因为那女孩看见他如见了救命稻草，直接飞扑过来，抓住他的手，温柔地说："亲爱的，你怎么才来！"说的时候还不停地给他使眼色。子善明白，女孩想借他摆脱这个流氓。他微微一笑，挽起刘萌的手转身走开。那人看子善人高马大，也就放弃，转身说了句倒霉，便消失了。

走到树荫拐角处的时候，子善才开口："我说，小姐，手握够了吗？"

刘萌此时还处于高度紧张的状态，急忙抽出了手，连忙说谢谢。子善明白，若不是她长得漂亮，自己才不会多管闲事。后来的事情，就如小说的发展一样，两人经常一起吃饭，看电影，做大学中情侣该做的事。

唯独两个人的关系没有确定。子善知道自己喜欢上了刘萌，之所以用喜欢，是子善觉得，大学里没有爱情。

转眼快放寒假了，也是子善大学的最后一年。几个月后，就该毕业了。子善知道，如果再不说就真的没机会了。经过一夜辗转反侧，子善决定做一件事。

放假的前三天，子善在酝酿一个计划，那就是追刘萌。经过一系列筹划，行动终于开始。那是一个周末的夜晚，学校没什么人，确切地说没什么管事的。子善穿着熊猫衣服，一手拿一百个气球，另一只手拿着大束玫瑰。自己的哥们儿在后面拿着音箱放音乐，本来没多少人的女生宿舍突然聚集了很多看热闹的人。子善觉得这样也好，轰动一下也未尝不可，大学四年了，应该闹出点儿动静。

刘萌出来的时候，已经合不拢嘴了，走到楼下的时候整个人晕乎乎的，那是幸福的。

子善摘下套在头上的熊猫头，手拿玫瑰大声地对刘萌说，做我女朋友吧。在场的所有女生都欢呼，接受他吧，接受他吧……就这样，子善成功追到了他们系里的校花。事后刘萌曾说，自己爱上他，是因为看见他在熊猫服里热得满头大汗，冬天里头上冒着热气，这样的男生，自己如何能不爱。就这样，两人死心塌地共赴爱情战场。

子善摸摸被烟烫红的手指，然后抬手擦去刚才留下的眼泪，这已经是回忆起刘萌的第四次，也是哭的第四次。子善转身回到卧室，打开电脑QQ，上面有很多人，网名叫“夏末末”的发来信息：“下来喝杯咖啡，旧情人，等你。”

发信息的正是子善公司的同事，叫夏琴。接到消息后，子善起身刷牙，刮胡子——他已经一个星期没有出这个屋了。子善到达旧情人咖啡店的时候，夏琴已经坐在6号座位等他了。子善坐下的时候，夏琴叫来服务员，点了两杯咖啡。

夏琴看了一眼子善，慢慢说：“都过去那么久的事了，怎么还

那 夜 有 雨 ， 无 爱 。

这样？”

子善不答，只是默默地坐着，随手拿起坐上的宣传单独自看着。夏琴用手点了点子善的手，向左边看去。子善随着夏琴的目光看见了正好进门的刘萌，手挽着一个中年男人，微笑地进来，并没有看见方子善。此时夏琴看见子善眼中满是愤怒、怨恨，还有些什么，她看不大明白。子善正要起身，夏琴急忙把他拽住，低声说："你小子给我老实点儿，别在这儿给我丢人。"

子善毕业的那年带着刘萌，从校园正式步入社会，当时豪言壮志，说一定要给刘萌最好的生活，所以才决定来到上海。来这里才发现那些梦想和现实比起来，简直可怜得要命。两人熬过了最艰难的五个月，分手了。

一个中年男人帮刘萌找到了薪水不错的工作——在那个男人的公司里当文秘。方子善很愤怒，但刘萌很决绝，每次都像故意似的，当着方子善的面挽起那男人的手臂。

某天那男人扔给他一沓钱，对他说："回家找个工作，别出来了，她不适合你，她要的你给不了。"

就是这句话，让方子善决定不再纠缠，他知道刘萌早已变了。两人在房间里吃了最后一顿饭，然后和平分手。那夜有雨，无爱。

当夏琴把醉得不省人事的子善拖回家时，已经是晚上十一点。经历了找单元、楼层、门牌，然后进房间，夏琴累得彻底站不起来了，拖着一米八二的子善更是要了命。把子善安顿好之后，夏琴在客厅睡了一夜。

第二天，夏琴在厨房为子善准备早餐，子善起来的时候才回忆起昨天晚上的狼狈。他靠在厨房门口看着忙碌的夏琴，红着脸说谢谢。夏琴似乎心情很好，跑过来刮了一下子善的鼻子说："懒猪，快吃饭吧！"

子善心里一阵感动——和刘萌分手三年，还是第一次如此感动，也是第一次让这个家有了家的感觉.。

吃过饭后，夏琴在厨房洗碗，子善靠在沙发上回头看她。这让子善觉得生活第一次这样美好。两人收拾好东西，一起下楼打车去了公司。这一忙便是一天，晚上还要加班，子善出去买夜宵，以便晚上饿了可以有东西吃。正如他想的，夏琴在晚上九点多的时候，跑来问子善有好吃的没。子善变戏法一样拿出早已准备好的夜宵，两人面对面坐下来，开始边吃边聊。子善始终回避昨天晚上发生的事，倒是夏琴，一点也不顾及，说道："你昨天晚上真可怜。"

子善抬头看着夏琴，就这么一直看着。夏琴闭上了眼睛，子善犹豫了一下，最后还是凑了上去。夏琴红着脸说："子善，你要对我好，一辈子都对我好。"

当夏琴确定子善就是自己的依靠的时候，便收拾好了东西站在子善的门口。子善起初是惊讶，然后就笑，伸手接过夏琴的行李。子善当时觉得，幸福来得真快。晚上两人又去了旧情人，这是他俩经常去的一家咖啡店。

店主非常好，是位三十多岁的男人，却如同那些赶时髦的小青年，穿着打扮都不像他这个年龄的人。每天都乐呵呵的，自己虽开着咖啡店却从不喝咖啡，只喝豆浆。每天客人在喝咖啡的时候，他便为自己磨一杯豆浆。这难免让人奇怪，起初子善和夏琴也是如此，后来大家

最令人难过的，不是你爱的人不爱你，
而是那个爱了你很多年的人，
转身离去。

熟了一起聊天的时候才知道，店主叫方凯。

这真是一个奇怪的人，但他人真的很好，每次都是请方子善他们喝最好的咖啡。方凯经常趁夏琴不在的时候，偷偷问子善："什么时候结婚啊？可得抓紧咯，多好的女孩！"子善也不知道该如何回答，他自己知道，他依然记得那个叫刘萌的女人，虽然这么想挺犯贱的。分手的那天晚上，子善对自己说，这辈子就一个人吧。

后来遇见夏琴是他没想到的，他自己都不知道这样的幸福到底能够维持多久。所以只是笑笑，而方凯则总是自言自语一样，应该抓紧，应该抓紧。

方凯后来对子善说，自己原来有一个女朋友，很不错，文静大方。但方凯觉得男人过早结婚会束缚自己，便一拖再拖，直到拖得女孩实在耗不起了，便狠心地分手了。直到有一天方凯觉得累了倦了，想找个依靠，才发现人家已经嫁做人妇，早已是天各一方。方凯以前很爱喝咖啡，但女朋友总劝他说应该多喝喝豆浆，养胃。从此方凯便一滴咖啡不喝了，开了这家店，算是对当初感情的眷恋吧。

转眼已入冬，子善觉得应该回家看看。之前曾和母亲吵了一架，父亲去世早，是母亲一手把子善带大的，母亲叫子善早些回来找个姑娘把婚结了，但子善当时已心灰意冷，便拒绝了母亲的要求。母子为此吵了一架，因为子善曾说，这辈子都不打算结婚了，不知道自己会不会和夏琴结婚，但总觉得应该带回去与母亲见一面。

与夏琴商量此事的时候，夏琴意外的高兴，于是两人决定忙完手里的工作，后天便动身回家。周末，两人又去了一次旧情人，进门的时候看见方凯正坐在角落里独自喝着豆浆，看见他们便示意他们坐过来。子善和夏琴坐下，方凯说：

“明天打算关了这个咖啡店，去银川。”

子善和夏琴同时惊讶地问：“为什么？”

方凯只说了一句话：“她离婚了，在银川。”

子善和夏琴心里都明白，这是最好的理由，没有什么让他留恋的了。去了也好，也许会在那个干净的地方找到他向往已久的幸福吧。

子善和夏琴与方凯告别的时候，方凯趁夏琴去拦车，扒在子善的肩膀上说：“夏琴是个好女孩，好好把握。”子善点头。从方凯的咖啡店里出来的时候，子善突然想以后无聊的时候该去哪里坐坐，希望那个叫方凯的男人可以真的幸福。

子善和夏琴下了火车便直奔家里。子善已经四年没有回来了，路过曾经熟悉的街边，突然有一种时光倒流的感觉。在这个小城，时间走得总是很慢。推开家门的时候，子善突然不知道该如何面对母亲。

母亲已经快步迎了出来，看见子善先是一愣，随后便高兴地说，回来就好。母亲仔细地看了看子善身后的夏琴，从表情看得出很是满意，夏琴恰到好处的言行，让母亲很是欢心。

子善在旁边赔笑。晚上吃过饭之后，夏琴和子善在楼下的花园散步，一起聊起子善小时候的事。

路灯把两个人的影子拉得很长，很长……

在家待了一个星期，子善和夏琴第二天早晨便要坐火车回去了。母亲一晚都不怎么高兴，子善知道是自己没时间陪母亲的原因，突如其来的幸福，马上又要离开，让母亲很不适应，心想自己应该是时候回来尽孝道了。早晨走的时候，母亲坚持要送他们上火车才肯离开。

火车开动的时候，母亲转身擦眼泪的动作，被子善看得真切，这让他的心狠狠疼了一下。想起上车的时候母亲偷偷对他说的话："好好对待夏琴，我喜欢这孩子。"母亲其实还有话要说，但知道子善不喜欢提那件事，便不再说什么了。

回上海后，子善和夏琴又一次忙碌起来，忙不完的工作，忙不完的应酬。虽然子善已是公司的经理，但需要他处理的事反而多了起来。每当路过曾经的旧情人咖啡店时，子善都会难过好一会儿，不知道方凯现在过得幸福吗?

秋季，满街的黄叶。夏琴对子善说，枫叶应该红了，我们国庆的时候去看吧，就先不回伯母那里了，子善点头。

中午的时候子善给母亲打了电话，晚上俩人肩并肩散步。夏琴问子善中午打电话都说了什么，子善笑而不答。其实子善和母亲通话的内容是:

"妈，夏琴怀孕了，下个月我打算和夏琴结婚，然后接您过来。"

时 间 像 一 场 战 争 ， 将 人 轰 得 不 知 所 措 ，

各 自 飘 散 去 了 天 涯 。

06

虽然爱你，又如何？

想起曾爱过的人，曾经为了爱情，把自己降到尘埃里。当初再怎么也放不下的人，也都随着时光在记忆里慢慢远去。

想起曾爱过的人，曾经为了爱情，把自己降到尘埃里，抑或是怎样的肝肠寸断。那时的你，脸上会多了许多淡然的笑容，以及豁达的心境，当初再怎么也放不下的人，也都随着时光在记忆里慢慢远去。

1.

于飞和宫晓是一对冤家，众所周知，就连小学门口卖冰棍的大爷都知道。既然是冤家，就有聚首和散伙的那天。

于飞和宫晓到底还是散伙了，是在宫晓结婚那天。

于飞父母跟宫晓父母是同事，原来是一个厂子里的，又是邻居，自然熟得跟自家人一样。后来厂子倒闭，两家又合伙开了一个酒厂。于飞比宫晓大两岁，在宫晓还没出生的时候，两家就把娃娃亲给定了。

虽说早不是封建社会了，但两家这关系也确实值得定这娃娃亲。于飞和宫晓还很小的时候，两家大人就喜欢逗他俩。

“于飞呀，你媳妇好不好看？快点儿长大，就能娶进门了。”

于飞虽然不懂什么是娶进门，但也知道媳妇二字是亲切的。

“嗯，好看，我能先娶进门，后长大吗？”于飞流着鼻涕问道。

家长们哈哈大笑，觉得于飞这小子懂事，从小就嘴甜。于飞虽然比宫晓大两岁，但在宫晓面前就像跟屁虫一样。

宫晓去哪儿，他就去哪儿。宫晓说我要吃鱼，于飞立马就跳河里给抓鱼。宫晓说想要蝴蝶，于飞跑一下午抓了一袋子的蝴蝶给宫晓玩。两个小孩是不懂什么叫娃娃亲的，后来上了小学，于飞每天都拉着宫晓的手一起走，时间久了，学校的同学就都听说了。

每天放学，同学们就跟在他俩后面喊：“小相公小媳妇，拉着小手上学堂，小媳妇羞羞羞，小相公嘿嘿嘿。”开始的时候，于飞觉得这没什么，反正宫晓就是我媳妇，可要不怎么说女孩心你猜不透呢？从那时候开始，宫晓就开始躲着于飞了，上学也是分开走的。

于飞后来说，他的童年只有宫晓，可宫晓的童年，他只是一部分而已。

初中，宫晓为了躲开于飞，跟爹妈闹了三天，拼了命要转到镇里的中学读书。至此，初中三年，于飞和宫晓也仅仅见了三次，还都是暑假的时候。于飞不知道宫晓为什么躲着他，就连宫晓父母和于飞父母也不知道。两个孩子总是不见面，当年娃娃亲的事，慢慢地就没人再提了，可于飞一直记得。

高中时，于飞和宫晓迅速进入青春期，宫晓变得叛逆，于飞还是老老实实上学。后来于飞学会了打架，是因为宫晓。

宫晓高二的时候，喜欢上了班里的一个男生，俩人偷偷好上了。那时候的学生是不允许早恋的，慢慢地班主任就知道了，把宫晓叫到办公室，问那个男生是谁。宫晓死活不说，那小子也没站出来，就因为这，于飞放学把那小子打了。

因为那段日子正好是教育局下来视察，于飞顶风作案，本来是要开除的，后来好说歹说，记了大过一次。于飞从此就像换了个人似的，不再跟着宫晓，不再见宫晓。

于飞染了头发，打了耳钉，穿着漏洞的牛仔裤。一个星期不到，成了学校的知名人物。每次经过宫晓的班级，于飞总是将头转过去，故意不看宫晓。时间长了，俩人就淡了，淡得就像普通同学，甚至连普通都谈不上。

于飞高中期间换了许多个女朋友，成绩差得惨不忍睹。宫晓自从那件事后，一心放在学习上，成绩一路高飞猛涨。

有天晚饭的时候，于飞的母亲随口说道：

“你看看人家宫晓，学习成绩那么好，将来人家上个好大学，你呢？还继续混啊？”

于飞没吱声，继续低头吃饭，但心里已经做决定了，他要和宫晓上一个大学。

2.

于飞用了五个月的时间，终于成功地和宫晓上了同一所大学，可这依然没有什么用。宫晓仍然不搭理于飞，他终于成了一个名副其实的备胎。其实说于飞是备胎是不准确的，备胎是指那些还有希望在一起的人，可宫晓从来就不给于飞希望。与其说是个备胎，倒不如说是一个破旧的、没人要的轮胎。

于飞挺帅，一米八二的个头，干干净净的小伙儿，背地里喜欢他的姑娘有很多。

可于飞就认准宫晓了，很久以后，于飞有一次跟我说，宫晓可能就是他上辈子欠的人，这辈子他来还账了。我说你太迷信了，他低头笑笑，没再说话。

大学四年转眼就过去了，宫晓交了男朋友，后来分手了，但于飞还是单身。

毕业后宫晓打算出国，于飞请宫晓吃了一顿饭。四年之久，俩人第一次坐下来。点了一桌子的菜，俩人一筷子没动，于飞看着宫晓，宫晓看着于飞，就这么看着。

最后，俩人一句话没说，结账走人，饭店服务员以为碰见俩傻逼。

于飞说，那顿饭他俩看了一个多小时，把从小时候到现在都看遍了，就跟过电影似的。你们都说羡慕什么狗屁青梅竹马，我这也算青梅也算竹马了吧，可又有什么用，还不如我压根儿就不认识她，还可能有点儿机会，她怎么就不喜欢我?

宫晓看于飞的一个多小时里想得最多的就是，于飞太自私，他认为咱俩就是青梅竹马，就应该在一起，就是天经地义。宫晓要的就是一句我爱你，于飞二十多年，一句没说过。宫晓就是想置这口气，看最后谁能耗过谁。

宫晓没等到于飞的那句话就出国了，一走就是三年。

3.

这一次，于飞没跟着宫晓出国，反而踏踏实实留在国内发展，从实习到转正，再到项目总监。每一步都走得稳稳当当，不抽烟也不喝酒，下班就回家，但还是孤身一人。

宫晓也是个没良心的，走了三年，就回来一次，还赶上于飞出差，俩人就这么错过了。后来还是宫晓给于飞打的电话。

“于飞，你行啊，三年能忍着不找我？”

“甭说三年，就是六年，我也照样不找你。”

“你这算是跟我置气呢，还是跟自己较劲？”

和伤了手断了脚相比，心里的疼简直一文不值，

连包扎都省了，谁又会看得见？

“我跟傻逼较劲。”

说完于飞就把电话挂了。

估计得把宫晓气个半死，但于飞似乎不在乎了。

于飞依然每天安安静静地上班，直到春节那天，突然感觉胃疼，没当回事。后来公司体检，检查出胃里有阴影，有可能是胃癌，但还没确诊，医生也不好说。

等检查结果这几天，于飞倒是很淡定，只是于妈跟于爸不行了，天天哭天抹泪的。于飞安慰他爸妈说没事，准把您二老送走，不会让你们白发人送黑发人的。晚上回家，于妈背着于飞给远在国外的宫晓打电话，说于飞病了，有可能是胃癌。

宫晓二话没说，买的最早的飞机，直达国内。

于飞正好在医院输液，当天化验结果就能出来。正午睡的时候，宫晓冲了进来。跑过去抱着于飞就哭，哭得上气不接下气。于飞从来没这么近距离接触过宫晓，一时不知道该咋办了，小心翼翼地捅了捅宫晓的肩膀，说了一句：

“还没死呢，留点儿力气。”

宫晓气得直打于飞，俩人欢声笑语，春光满面。

下午检查结果出来了，不是胃癌，良性肿瘤，问题不大，但得手术。

于飞跟宫晓说，我手术出来，你就别走了，宫晓说“好”。

4.

宫晓还是飞走了，因为当时她走得急，家里停水忘记关龙头了，楼下都淹了，她必须回去处理。于飞手术出来后，没看见宫晓，心里挺失落，但也理解。

于飞觉得事情到这样的地步，宫晓应该明白自己的心了，就是不说，这么多年也懂了。

休息了一年，身体恢复得差不多了，于飞决定回公司上班，宫晓也没打电话过来。于飞想着自己应该主动点儿吧，等着手里的项目完成，他想去国外看看宫晓，也算有个交代。于飞跟宫晓的父母要了地址，半个月后就飞过去了，找了好几个地方才找到。到的时候已经晚上八点多了，于飞看见宫晓从车上下来，然后跟车里的男人告别，互相拥抱。

于飞想冲过去，但理智告诉他，他没有资格去质问。于飞没告诉宫晓他来过，待了一晚上就回去了，回到国内后，低迷了一段日子。然后跟各种各样的姑娘相亲，有网上的，有介绍的，有同事的同事，有朋友的朋友。

于飞急于把自己扔出去，他想找个姑娘结婚，但却不知道自己想要什么样的。他妈经常问他，不等等啦？再等等宫晓吧，兴许过几年就回来了。于飞想忘了宫晓，可父母那儿又总提，他也懒得解释。在相到第十六个姑娘时，于飞看上了，是个美术老师，气质特别好，文文静静的，于飞觉得当老婆挺好的。

俩人开始恋爱，给买花儿，看电影，逛街，买礼物。总之情侣之间能做的、能给的，于飞都给了，他觉得这应该是爱情，至少他挺喜欢这姑娘的。

要不怎么说，谈恋爱千万别碰见有前科的主儿。于飞跟宫晓这档事根本还没过去，就硬是拉进来一个美术老师，美术老师叫晓敏，但这都不重要，重要的是宫晓这节骨眼儿回来了。

于飞牵着晓敏正溜达呢，宫晓从后面跑过来，上来就是一个大嘴巴子，抽得于飞两眼冒金星。于飞也急了，新仇旧恨一起来了，指着宫晓的鼻子说：

“你凭什么打我？你跟你那洋鬼子好去啊，我他妈找个女朋友怎么了？”

“于飞，你他妈浑蛋。”宫晓气得脸发白，喊了一句后就跑了。

“我他妈就是浑蛋了，我再浑蛋也比不过你，犯贱一样的喜欢了你二十几年，你正眼瞧过我吗？我小学你小学，我初中你跑了，我高中你高中。为了追你，咱俩上了一个大学，可你倒好，毕业跑国外去了，你是他妈有多烦我啊？你烦我你早说啊，我他妈躲着你还不行吗？”

于飞扯着嗓子喊，到后来就是边哭边说。一个一米八二的汉子坐在地上哭，那个画面其实挺醉人的，虽然伤感，但我还是觉得挺好笑。

晓敏彻底怒了，俩人心知肚明地分手了。宫晓跟于飞撕破了脸，老死不相往来，所有人都替这对冤家惋惜，除了于飞。那段时间，他跟祥林嫂一样，见了人就说：

“老子喜欢她二十多年啊，换回来啥，恩将仇报啊。”

“她过她的好日子，我过我的小日子，我找个女朋友，还给我搅黄了。”

没人搭理他，所有人都知道他这绝对是失恋后遗症，用嘴硬来掩盖内心的空虚。喜欢二十几年的人啊，说从心里拔出来就能拔出来？那可是带着血和肉的念想啊，哪儿是轻易说放弃就放弃的，越是嘴硬的人心里越苦，倒是那些一言不发的人，才是真的放弃了。

5.

宫晓和于飞彻底断了来往，所有通信软件全都互相删除，就跟过了几十年的夫妻离婚后撕破脸一样。于飞觉得，他这二十几年白活了，心思全扔在宫晓身上了，得为自己以后想想了。但又不想这么草率结婚，经过上次晓敏的事，于飞就觉得，不能再坑人了。要真不是自己喜欢的姑娘，不能追。

宫晓也没闲着，从国外回来后在一家外企工作，朝九晚五的白领生活，小资得不行。身边的追求者也是络绎不绝，但宫晓也是谁都看不上的主儿，毕竟海归嘛。

于飞说是不联系宫晓，但早就偷偷注册了小号处处盯着呢，今天宫晓什么动态，明天什么动态，他都一清二楚。然后装得跟宫晓仇人见面分外眼红，觉得自己特别明白，其实谁都看得出来，他心里那个念想，就没断过。

过了很久，宫晓找到于飞，跟他说，今年过完年我就三十二了。

于飞没搭话，过了一会儿说，我比你大两岁。

宫晓拿着包，起身就走了。

于飞说，那个时候，才知道自己多傻。宫晓哪儿是告诉他多大了啊，宫晓的意思是说，于飞你再不娶我，我就等不起了。

可于飞终究是没说，他总觉得宫晓就是他的，反正小半辈子都过来了。

三个月后，请柬到了，宫晓三天后结婚。

于飞傻了。

自己念叨，怎么就能结婚呢，跟谁啊，是不是跟我置气呢？都这么多年了，为什么要现在来这出，到底真的假的？

有一种人，最可气的就是永远自以为是，于飞就是这种人。他觉得自己永远胜券在握，觉得什么事情都是理所应当，自己心里觉得这事能成，就能成，从来不去为这件事努力。就像他爱着宫晓，所有人都知道，宫晓也知道，但他就仗着所有人都知道这事，运筹帷幄地相信，宫晓就是他的，他觉得只是时间问题。

可宫晓终究不是他的，他在很久很久以后才明白一件事，一个姑娘的青春就二十年。宫晓其实是用了二十年的时间赌了一把，赌于飞能娶她。

可惜的是她输了，她输在自己的自信，和对爱情的较真。这么多年于飞喜欢她，她心里明白，她也知道于飞是真心的。

可她唯一气的就是，于飞觉得宫晓没跑了，早晚是他的，连一句“我爱你”都没有，他觉得没必要，我喜欢你这么多年，还差这句话吗？

可宫晓终归是个姑娘，她想要的也仅仅是这句看起来没什么用，但又比什么都有用的三个字。

6.

宫晓的婚礼很隆重，新郎是她公司的同事，从她进公司的那天起就开始追了，一天没松懈过。每天一束花，还带一句话，就是宫晓最想要的那句话。

于飞那天穿得很正式，就像新郎是自己一样。宫晓在台上捧着鲜花，新郎在旁边给她戴着戒指，一切看着那么美好。于飞很想冲上台把宫晓拽走，告诉她我爱你，我爱了你二十年，从开始到现在都没变过，于飞终究是没有冲上去，他知道自己错在哪儿了。

新郎看着宫晓，说“我爱你”的时候，于飞在台下也看着宫晓说了一句“我爱你”。

但没人听得见……

宫晓的眼泪唰的就下来了。新郎以为是自己太过真诚，忙抱着宫晓安慰，于飞低头喝干了杯里酒，转身出了酒店。于飞那时候觉得自己特别像至尊宝，台上站着的宫晓是自己的紫霞仙子，自己离开之前，也算没太丢人。

倒是于飞的父母，酒席吃得闷闷不乐，到家的儿媳妇愣是飞了。

于飞准备离开这座城市，他觉得没有必要再留下了。走之前去看了看宫晓的父母，说了一些无关痛痒的话，无非就是今生没有缘分，只能祝福了。

跟爹妈告别后就上了火车，他一直想去北方，觉得那里虽然寒冷，但至少四季分明，他想让自己稍微活得明白些。晚上睡不着起来上网，拿出笔记本打发时间，在他清理邮箱的时候，突然发现一封未读邮件，时间已经是两年前了。

邮件是宫晓写给他的，就是当年他去国外见宫晓的那个晚上。

于飞：

我知道你来我这儿，阿姨偷偷告诉我了，但你没来见我。你

当你终于想要告诉对方你心中真正想法的时候，

那人却已经从你的世界消失了。

或许碰见了我的导师，今晚是他的生日，我们过来庆祝生日，他送我回家的。我猜到你可能看见了，你从小自尊心和忌妒心就特别强，但我没跟你解释，我以为我的信任，在你那里足够了。

可惜我错了，你没来见我，但我不怪你啊。毕竟你千里迢迢地过来看我，我已经很满足了。于飞，这么多年了，咱俩一直没在一起，你没想过为什么吗？如果说少女时的我躲着你，是因为羞涩，而如今我躲着你，只是想看看你心里有没有我。

我从小就没有安全感，所谓的娃娃亲也不过是两家父母的玩笑话，你当真了，我却没有。我希望你能追我，像一个喜欢我的人一样追我，可你从来没有。你觉得我和你一起，怎么样都是理所应当，我恨你的自以为是，但我又没办法放弃你。

再有几个月我就可以回国了，本来如果你这次见我，我们就可以一起留下的。但没办法，谁让你小心眼，就让我回国找你吧。

于飞，你记住了，我只等你到三十二岁。

三十二岁那天你如果还不来找我，我就真的不等你了。

7.

原来那年宫晓找于飞说自己三十二了，是来提醒他的，可于飞却一点儿反应都没有。

因为两年前的那封邮件于飞根本就没看到，那个邮箱仅仅是于飞用来当验证码的。宫晓有一次偷偷记下后，没告诉于飞，以为那就是他的工作邮箱。

你看，有时候错过，就像一场事先预料好的结局，遗憾叠加着遗憾。

于飞坐在卧铺车厢的过道里泪流满面，他摸着屏幕，想感受两年前宫晓敲下这些字时的情绪。因为自己的任性，因为自己的猜忌，他让宫晓白白等了他好几年。

于飞连恨自己都找不到借口了，他一直引以为傲的青梅竹马，不过是自己的偏执。其实对于两个人的感情，自己从来就没有真正努力过，却是宫晓一直在背后默默守着。

一次喝酒时，他说他从来不恨任何人，因为任何人都不会真正伤害到自己，他只恨自己，恨自己把宫晓弄丢了。

于飞再没有联系宫晓，也没有打听她的任何事，他觉得有些事是属于前半辈子的，后半辈子不应该去打扰，既然已经辜负了，就别再撒盐了。他说他跟宫晓就差一句话，可他因为年少时可怜的自尊和矜持，生生错过了。

其实当年宫晓出国之前，两人在饭店对视的那一个小时里，宫晓多么希望他能说一句留下，可两人就这么僵着，直到于飞起身去结账。

于飞也没看见，宫晓在出门的时候，眼角是带着泪的。

宫晓望着于飞的背影小声地说了一句：

“于飞，我爱你……但你就是一个浑蛋。”

我一度认为有些关系就算清浅但总归不会逐渐隐退。

你来时如浪花扑面，走时如雾气渐消。

07

你们本该在一起

爱情里面都有卑微，因为爱上一个人，在乎一个人，就有妥协。在对等的情感关系中，这种卑微是相互的，是男女双方对一份情感的努力和付出。

1.

乔婷给我打电话的时候，我正在楼下吃烤串儿，跟春阳一起。

电话里乔婷情绪激动，我说你别激动慢点儿说，到底怎么回事?

“我他妈实在过不下去了，明天离婚。”

声音太大，春阳听见了，抬头看了看，又低头喝酒。

春阳跟我还有乔婷，我们仨认识五六年了，交心的朋友，但春阳和乔婷不是，春阳喜欢乔婷，可乔婷三年前就结婚了，春阳至今单身。

我感觉得出来，春阳不好意思问。自从乔婷结婚后，除了有我在，不然他俩就不会单独见面。我没难为他，我说：“乔婷要离婚，那孙子外面有人了。”春阳捏着酒杯，半天不说话，最后憋出四个字：“操他大爷。”

乔婷之所以没跟春阳好，就是因为春阳左腿有点儿瘸，小时候爬高不小心摔的。春阳长得不丑，个头也够，就是腿有点儿问题。年轻的乔婷觉得春阳这样带出去很没面子。

春阳也明白其中的缘由，不再强求乔婷，就悄悄对人家好。

乔婷打算离婚的那孙子，是银行的一个业务经理，年轻有为，一表人才，但第一眼就能看出是个人渣。当时我劝乔婷，别傻逼，那孙子不靠谱。

乔婷说：“你懂什么，我看上的是钱，又不是他的人。”

“你有种，被甩那天别找我诉苦。”

她果然还是个女人，结婚之前再理智的女人，都会慢慢被生活的琐碎磨得平淡。她当初是因为钱，可慢慢地也就因为人了。女人嘛，日久生情在所难免。

男人日久生厌，自然就有了小三，乔婷受不了了，死活要离婚。

我知道她为什么要离婚，其实她完全可以守着那孙子的钱继续过下去。她气不过的是，当年老娘是为了你的钱才跟你好，只能有我先甩你的份儿，你不能先我一步。

当时结婚，春阳追了乔婷三天，走哪儿跟哪儿，就求她别结婚。乔婷着迷似的，哪儿管得了春阳同意不同意，估计是没轻损他，后来春阳就再也不找她了，三年不见。

2.

乔婷再见春阳的时候，是她说要离婚的一个星期后。我跟乔婷去派出所见春阳。

那晚春阳听见乔婷要离婚，知道那孙子果然不靠谱，骑着自行车愣是跟了五天，在一家酒店门口拿板砖给拍了，住院检查颅内出血，昏迷不醒。

结果出来了，大脑损伤，不死也是植物人。我知道，春阳这次完了。

在派出所见到春阳的时候，他还笑嘻嘻地看着我们。乔婷双眼冒火瞪着春阳，半天不说话。

“春阳，我离婚关你什么屁事？你多大能耐啊，你凭什么打人啊，打死了倒好，打不死，谁伺候啊？还没离婚呢，还不是落在我身上？”

春阳不敢正眼看乔婷，嘟囔了一句：“我总不能看你受委屈吧。”乔婷气得浑身发抖。

你在别人眼里可能平凡普通，

但你一直是我的信仰。

我让乔婷先回去，我和春阳聊了会儿。我说你知不知道后果多严重？颅内损伤，一辈子躺着，植物人。你把乔婷算是坑死了。春阳没说话，半晌说了一句：

“至少他不能再惹乔婷生气了。”

“你他妈的真是傻逼！”我实在不知道说什么好了。

一个月后判决书下来了，春阳故意伤人，有期徒刑五年六个月。

开庭那天我跟乔婷都去了，结束的时候，春阳往我们这边喊：

“乔婷，对不起，但我不后悔。”

看着春阳被带下去，乔婷第一次哭了，我不知道她是为谁哭，或许是为她自己，也或许是为她的丈夫，但我觉得，更多的应该是为了春阳。春阳对她的感情不计后果，就希望她好，就希望她能幸福，当年结婚的时候自己没拦住，总得在乔婷受委屈的时候出头吧。

嗯，春阳真是一个傻逼，爱得一点儿余地都不留。

3

乔婷的丈夫在两年后去世了，乔婷没离婚，尽职尽责地伺候到走。某一次遇见她时，发现她老了许多，全然没有了曾经的跋扈，眼里也没了神采。我问她，是不是过得不好？

乔婷说："没什么好不好的，今天的结果，也都是我曾经种下的。"

我问她，如果春阳出来了，你会接受他吗？乔婷摇头，神情黯然地说：

"不可能了，当年不可能，如今出了这么多事，就更不可能了。他心里对我的好，我都记着，我俩不可能了。"

"年终一起去看看他吧，两年没见了。"

"不去了，你去就行了，替我问候下，别的就别再说什么了。"

年底去看春阳时，他胖了许多，也健谈了许多。他说一切都好，就是觉得刑期遥遥无期。我宽慰他，已经过了两年了，再熬几年争取减刑就出来了。他问我乔婷怎么样，我说挺好的，老公死了，现在自己一个人过呢。春阳沉默了一会儿说：

"你告诉她别等我了，碰见好的就找一个吧。"

我没好意思告诉他，乔婷压根儿就没打算等他，但为了让他不太难受，我还是骗他说，乔婷说会等你，你好好改造，等你出来。春阳笑笑，感觉又有了希望和盼头。

这是我这辈子做的最后悔的一件事，骗了春阳。

乔婷自从丈夫死了后，就没什么心情上班了，辞了工作自己做买卖。我平时没事的时候也过去帮忙，后来生意有了起色，乔婷身边也就多了不少追求者。她没想结婚，也没想等春阳，就想自己这么一个人活着，可终归是个女人，后来还是遇见了自己喜欢的人。

乔婷的第二个男人是她生意上的伙伴。有几次遇到资金的问题，都是他帮乔婷解决的。乔婷觉得他能托付终身，谈了半年，俩人很快就结婚了。我没去，也没告诉春阳。我觉得这对他来说太残忍，而且我也觉得乔婷实在有些过分。

后来，乔婷问我，春阳会不会恨她。我说不会，只要你能幸福，他就高兴。

4

距春阳出狱还有两年的时候，乔婷再一次离婚了，这次不是因为感情，而是实实在在因为钱。那男人从一开始就打算放长线钓大鱼，乔婷跟他结婚后，他几次花言巧语哄着乔婷，把公司的法人改成他的。

乔婷被踢出局了，男的把公司变现，带着钱去了国外。乔婷一蹶不振，倒了。

后来，我去看过她几次，她状态越来越不好，脸色苍白。我还是从她邻居那里听到的，她现在开始吸毒了，之所以没报警，是觉得她挺可怜的。

我翻遍了屋子，找出了几包。我问她，你还要不要命了？她只是笑，也不说话。

后来拽着我的衣服说："我觉得我是报应，真的，绝对是报应。春阳那么一心一意对我好，我却当狼心狗肺踢走。你说，我今天这样，是不是报应？"

我答不上来，只能安慰她春阳快出来了，一切都会好的。

我把她送到戒毒所，希望她能好好的，彻底戒了。可我还是低估了吸毒对她的影响，前前后后去了四次戒毒所，后来乔婷就不再让我见她，以至于很长一段时间我都找不见她。

我答应过春阳，得照顾好她，可这事儿没那么简单。

三个月后，我在一个地下酒吧碰见了乔婷，瘦得皮包骨，面无血色，根本就不是我当初认识的那个乔婷。我把她拽出酒吧，送她回家。到了才发现，她为了吸毒，早就把这房子卖了。没办法，我只能把她带回家。在这城市，除了我，再没有人会管她了。

我从未见过毒瘾犯了后的样子，乔婷像疯了一样拿头撞墙，稍好一点儿也会跟我聊天，只是神情和思维不再像从前那样自然了。乔婷在我这里待了几个月，状态好了很多，每次毒瘾犯了的时候，我都只能把她捆在床上。

后来，她求我让她吸最后一次，我心如刀割，搬了凳子坐在她面前。

我说："乔婷，春阳拿命爱你，你能不能为了他别这么糟践自己了。春阳出来后，见到你现在这个样子，他怎么可能受得了。你看看你自己，现在已经成什么样了？"

我没想到这些话能稳定乔婷，她不再挣扎不再喊叫，只是咬着牙颤抖着身体，盯着角落发呆。我觉得乔婷应该听进去我的话了。

事实证明，她确实听进去了。她趁我上班后偷偷走了，桌子上留了一张字条：

“别告诉春阳，我不配他爱，毒我一定戒，但别再找我了。”

5

春阳出狱了，这么多年，恍如隔世。接他的那天下着小雨，我陪着他一直走。路上两个人都没说话，我知道春阳想什么呢，他以为今天会是我和乔婷一起来接他的。

可是乔婷没来，并且我连她人在哪里都不知道。

晚上吃饭的时候，春阳忍不住了，问我乔婷去哪儿了。我不知道怎么回答，我已经骗过春阳一次了，不能再有第二次。我把字条递给他，他看了半天，然后哭了。

那个晚上，我把这几年发生的事都跟春阳说了，最后，我说这都是命，怨不得谁。春阳说，我不信命，我信自己。

他决定去找乔婷，我劝了几天都不管用。没有地址，没有音信，任何信息和线索都没有，中国这么大，你去哪儿找？春阳说就算她死了，我也得把她找回来，是我欠她的。

我没再拦着，一个月后春阳就动身了。三个朋友，如今就剩下我了。

我时常回忆春阳和乔婷的爱情，究竟是什么让两个人错过彼此。后来我才明白，错就错在，春阳不该爱上乔婷。因为乔婷根本就不爱春阳，这一点儿都不能怪人家，感情这东西没办法勉强的。

终究有一些人我们爱而不得。

所有认识乔婷和春阳的人都会说，乔婷就是个婊子。春阳那么爱她，为什么不知道珍惜？偏偏去找那些会伤害她的人。可谁都知道，我们无法跟一个自己不爱的人生活，尤其乔婷这样较真的人。春阳以为自己的付出可以感动乔婷，可不爱就是不爱，没得商量。

2013年中秋，我接到春阳的电话，说下个星期回来，现在人在深圳。

我没问他找没找到乔婷，或许是找到了，也或许是想放弃了，春阳一直是个固执的人。那天下午我请了假，去车站接春阳，等了半个小时左右，春阳出来了。

春阳手里抱着一个黑色的匣子，我一下就明白了，他抱着的是乔婷……

我眼前一阵模糊，有些眩晕，是春阳跑过来把我扶住的。我低声问，是乔婷吗？他说是。我没再问下去，春阳扶着我一路回家，安慰我说没事，都过去了。咱们仨又在一起了，你看我不是把乔婷带回来了吗？

乔婷下葬的那天，春阳没来，我知道他只是想把乔婷带回来，并不想亲眼看着乔婷被泥土覆盖。晚上回家的时候，发现屋里已经是满地酒瓶，若是换作以前，我一定劝他别喝了。可这次没有，我坐下来陪他一起喝，不知道喝了多少，喝了多久。

春阳突然说了一句话："乔婷一直是爱我的，你信不信？"

我错愕，因为我不知道该从何说起，我也看不出来这么多年乔婷对春阳有一丝一毫的暧昧和喜欢。我摇头，春阳笑了笑。她连我都骗过去了，这丫头真厉害。

可她也太傻了，这么多年为什么不说呢，我春阳是那种操蛋的人吗？

6.

原来乔婷在许多年前就知道，自己没有生育能力。因为春阳总是开玩笑说，要娶了乔婷，然后生个大胖小子给爹妈抱。乔婷无法把事实告诉春阳，只能装作不喜欢他。乔婷第一次离婚也是因为她无法生育，那男的才会出轨。所以乔婷在他卧床不起的时候，没选择离开，因为她知道自己对不起他。至于第二任完全就是为了骗钱，谈不上有什么感情。

春阳去了许多城市，从车站调取的监控里，知道乔婷去了南方，后来春阳是在深圳的一家宾馆门口碰见乔婷的，人已经不成样子了。春阳找到她的时候，乔婷甚至已经认不出春阳了，一直用手推着春阳，说是坏人，我的春阳会打死你的。春阳抱着乔婷坐在大街上号啕大哭，而路人只是看见一个男人，抱着一个女疯子而已。

是啊，他人的故事永远都只是热闹，只有故事里的人才会心疼。

春阳陪乔婷待了一个星期，一个星期后乔婷有一天突然清醒，她看着春阳说不出话，只是一直默默流泪，后来春阳说："乔婷，我接你回家吧。"

乔婷沉默，半晌才说：

"春阳，我们回不去了，你还是那个春阳，而我早就不是你认识的乔婷了，我身体已经毁了。在许多年前我就想告诉你，我没有生育能力，你还会不会娶我？我没有勇气告诉你，也不敢接受事实。所以我一直躲着你，不敢见你。我知道你对我好，我也知道你心里有我，可不能把你害了，你需要找一个妻子给你生个孩子，那才是你想要的，而我连个女人都算不上。"

春阳抱着乔婷说：“如果当年你告诉我，我不会要什么狗屁孩子，我只要你。”

乔婷笑了，特别幸福和满足，靠在春阳的怀里睡着了。

三天后，乔婷趁春阳出去买东西的时候，割腕自杀。春阳回来时已经来不及了。

春阳说他特别恨自己，恨自己当初的一意孤行，没给乔婷机会说出那些话。如果当年他们在一起了，就不会再发生这些事，而乔婷就不会吃这么多苦了。

后来春阳走了，没告诉我去哪儿，我也没问。我知道他心里装着乔婷呢，走到哪儿都扔不下，他想带着乔婷走遍许多城市，就像当年我们一起走过许多地方一样。

城市里灯火通明，人们相亲相爱，所有人看起来都是那么幸福。可谁会知道,所有的幸福背后,都有一段无法诉说的过往。就像春阳和乔婷，明明可以相爱，偏偏要互相撕扯，最后伤了自己，也伤了爱自己的人。

我本来不想说出这个故事的，因为显得那么不合时宜，那么暗淡无光，那么没有希望。而这一切都是因为我几天前收到了一个包裹。不知道是谁寄给我的，也不知道是什么时候寄出来的，只有我的地址。看过之后，我觉得应该把他们写下来，至少是为了乔婷。

包裹里面是一些照片，都是乔婷，在照片下面有一封信，收件人是我。

春阳，见信安好。

我知道你看见这封信的时候，我已经不在了。你一定恨我为什么这么固执这么绝情，可我必须这样做，我不想你一辈子都活在我的阴影里，我本不想再见你。我如今的样子早就不是当初的我了。

我又很庆幸你找到我，让我还能再见你。你有些瘦了，也变黑了。在你睡着的时候，我偷偷吻过你几次，我多想把自己给你，做你的女人。

可是不行啊，我已经那么脏了。

春阳，我知道我不应该说谢谢，但我还是想告诉你，谢谢你这么多年的陪伴。我不配你的感情，或许是我的自私，也或许是我的固执，即便是当年我告诉你事实，我相信你也会不顾一切地和我在一起，可事情又怎么能说得清楚？

是我放弃你了，而你没有，难为你这么多年，那么无望地爱着我。

我应该走的，这世界仍然很美好，但我不想待了。

春阳，如果真的有下辈子，咱俩别认识了，你好好过日子吧。

我先走了，勿念。

后来我给春阳打电话说，乔婷有封信，要不要给你寄过去。

春阳说："算了，错过那么多，不差一封信了。"

"可信里有乔婷对你说的话啊。"

"我能猜到她对我说什么。"

"是什么？"

"她说爱我，但让我不再以她为念，重新开始。"

我说："你们本该在一起的。"

"是啊，可是谁又能说，我们没在一起过？"

世间会有许多错过,但凡是自己觉得错过的,

都是值得遗憾的。

08

相逢藏在错过里

永远不要放弃你爱的人。因为当你回忆的时候，那些温暖甜蜜，最后都会被遗憾淹没。

1.

“世间会有许多错过，但凡是自己觉得错过的，都是值得遗憾的。”

这是我兄弟斌九说的，他太清楚错过的滋味了。他告诉我，永远不要放弃你爱的人。因为当你回忆的时候，那些温暖甜蜜，最后都会被遗憾淹没。

斌九跟麦瑶相识于一个特别不靠谱的单身聚会，而麦瑶是那场聚会的策划者。麦瑶在成都开了一家酒吧，每个月的15号都会举行单身聚会。斌九是因为家里催得太紧了，一直单身的他没法交代，只能硬着头皮按照广告的地址去参加了。

用麦瑶的话来说，她组织聚会从不为了爱情，虽然她是单身。她就是想看看这些孤男寡女里，还有多少是相信爱情的。这倒是真话，如今的少男少女，在城市里太寂寞了。很难敢说什么真爱，所有的我爱你，最后可能都是为了跟你上床。

何必还要说那三个字，直接点儿，我们上床就好了。

麦瑶就是因为看透了这些，才不信爱情的，至少她被伤得有多深，没人知道。

斌九那天因为加班，到的时候聚会已经开始，所有人都已经开始暧昧起来。因为迟到的关系，人群里已经没有姑娘可让斌九献殷勤了。空气中弥漫着荷尔蒙的味道，斌九说，当时就觉得这他妈根本就不像是一个相亲聚会，更像是一夜情或夜总会选人。

虽然满肚子牢骚，但也只是因为没姑娘搭理他而已。

斌九独自坐在角落里喝闷酒，麦瑶看见了，从沙发后面绕过来，坐在他的旁边。

麦瑶是那种天生透着吸引力的女人，男人只要见了她，可能不会有爱情，但荷尔蒙绝对会蠢蠢欲动。她这种女人，美艳而不妖艳，妩媚却不风骚。麦瑶轻轻撩着头发，眼神暧昧地看着斌九，摇着红酒杯，慢慢地说：

“先生，一个人？”

“嗯嗯，一个人，一个人。”斌九紧张到结巴。

“知道这儿是干吗的吗？”麦瑶笑着说。

“知道，相，相亲。”

“哟嗬，还挺纯情的，挺腼腆啊，你多大了？”

“二十七。”

“真年轻，那你得叫我姐姐。说吧，看上哪个姑娘了，姐给你叫过来。”

“没有喜欢的，我就自己坐会儿得了。”

斌九是搞程序开发的，天生透着一种木讷劲儿，所以麦瑶觉得发现了一个新物种。因为从谈话到结束，斌九一次都没抬头看她的低胸装，这让麦瑶很受伤。

因为那次的相亲失败，麦瑶觉得欠了斌九一个人情，所有人都有伴儿，唯独他没有。留了电话，说以后有好姑娘，第一时间给他打电话。其实后来想想，那次相亲，根本就没失败。

后来斌九也去了几次，但每次都不是特别理想，不是他嫌对方太风骚，就是人家嫌他太闷骚。总之，就是没有靠谱的，而他又是一种天生我是你长辈的脾气，严谨木讷，自然没有姑娘肯跟他好。后来斌

如今能把那些痛苦的回忆当作微笑来表达的人，都已明白了一个道理，

所有百毒不侵的人，都曾无药可救过。

九也想通了，找不着就不找了，随缘吧。

2.

因为斌九不再来参加聚会了，麦瑶以为他终于找到合适的了，也就不联系了。

一天晚上，麦瑶坐在门前逗着狗，斌九一个人拖着行李箱往家走。俩人自从那几次见面后，就再没见过面，如今就这么毫无征兆地遇见了。其实斌九挺想麦瑶的。

麦瑶招呼斌九进屋坐会儿，问了下近况。斌九因为前段时间老在公司加班，把家当都搬到公司了。现在项目完成了，正要收拾东西回家。

麦瑶问斌九："怎么不来参加聚会了？是找到女朋友了？"

"没有，我们这工作哪接触女的去啊，来几次都不合适，就算了。"

"哪能就算了呀，姑娘有的是，算了可不行，包姐身上了。"

"那您费心了……姐。"

"哎哟，还您您的呢？你这娃可真有教养，别您了，直接叫姐。"

"哎，麻烦你了姐。"

"甭客气，以后常来玩啊。"

斌九其实见麦瑶第一面的时候，就已经喜欢上她了。但多年耳濡目染的社会经验告诉他，这样的女人碰不得，也碰不起。他自然知道自己的斤两，追求麦瑶的人就没见过重样的，他只是一个普通上班族，自然想都不敢想这事。

只是偶尔会在夜里想想麦瑶的模样，和对他说话时的神态，就够了。

隔了很长时间，有天夜里，麦瑶给斌九打电话，说，你能来酒吧一趟吗?

斌九拿起外套就出门了，他感觉麦瑶的状态不是特别好。到了酒吧已经夜里一点多，酒吧提前关门，麦瑶坐在吧台后面，蓬着头发，两眼发红，看样子是喝了不少酒。斌九走过去，不敢碰她，也不敢说话，半晌才挤出了这么一句:

“姐，你咋了？”

“姐没事，就是心里难受，想找个人聊会儿天，耽误你不？”

“不不，不耽误，你说。”

“成都这么大，没想到能说心里话的人，却都没有。”

“姐，我不会说什么话，你想说啥就说吧。”

斌九确实不太会说话，但麦瑶就看上他这点了，简单得像张白纸。或许是麦瑶遇见过太多油嘴滑舌的男人了，突然碰见斌九这样的，反而觉得有一种吸引力。

“斌九啊，你是不是觉得姐特别风骚，是个坏女人啊？”

“没有，怎么可能，没人会这么想。”斌九紧张地回答。

“呵呵，我知道男人心里怎么想的，你不用瞒我，不过我也不怪你。你想听听姐的事吗？”

“如果你愿意说，我很愿意。”

其实麦瑶只比斌九大一岁，因为浓妆的原因，给人感觉成熟不少。麦瑶是两年前来的成都，大学毕业的时候跟男朋友去的上海，俩人谈了四年恋爱。后来男朋友看上了比麦瑶小两岁的学妹，把麦瑶甩了。

同年，麦瑶接受了一个从工作就开始追她的男人，俩人在一起三个月，发现自己被小三了。男的早就结婚生子，追麦瑶也仅仅是看她年轻漂亮想玩玩罢了。年轻的麦瑶以为那是爱情，伤得一败涂地，从此不再相信任何男人。

后来麦瑶觉得自己的青春不能让这种垃圾害了，威胁对方如果不表态，就闹到他的公司和家里。男的心虚，给了麦瑶三百万补偿，麦瑶拿着钱辞职了。

然后来到成都旅游，觉得爱上了这座城市，便留下来开了个酒吧。从此风姿绰约、浓妆艳抹，就想看看有没有男人不爱她这皮囊，只爱她的人。

3.

叫斌九过来的原因，是因为晚上的时候，碰见前男友带着小学妹来成都旅游了。

刚好来她的酒吧，令她难过的，不是前男友没认出她，而是他竟背着小学妹，偷偷要她的电话。她那一瞬间突然觉得特别绝望，绝望到无以复加。

“并不是所有男人都会背叛，至少我不会。”斌九听完说道。

“得了吧，男人都他妈一个样。”麦瑶苦笑着说。

“我说了，至少我不是。”

斌九第一次跟女人说话这么大声，说完自己就后悔了。

麦瑶趴在吧台上，看着斌九好半天，慢悠悠地说：“真……的……吗？”

斌九借着酒劲儿，直勾勾地看着麦瑶说：“不信你试试。”

“试试就试试。”麦瑶拽过斌九的衣领，亲了一口。

俩人就这么好上了。

斌九从没恋爱过，那是他的初吻，后来麦瑶说自己捡了一个宝贝，得好好开采。

斌九在我们这帮兄弟里一直是最老实的那个，吃饭是负责送喝醉的人回家，唱歌是负责坐在角落里点歌，就连泡澡都是负责给别人搓背的。我们常开他玩笑，这样下去没姑娘会跟你好了。人太老实，不好，会被欺负的。

直到斌九把麦瑶带到我们面前，我们都自打耳光了。

所有兄弟都眼睛冒火地看着斌九和麦瑶，他俩的反差太大了。斌九戴着高度近视镜，发型是标准的半寸，虽然个头挺高，但怎么看都是一个路人甲。

麦瑶跟斌九在一起后，就再也不化妆了，清清爽爽的一个姑娘，看起来比斌九还要小几岁。斌九说，这辈子能遇见麦瑶是上辈子修的福气，得好好珍惜。

麦瑶依然开着酒吧，但不再办什么单身聚会了。斌九辞了职，打算拿出积蓄自己做点事情。俩人爱得如胶似漆，我们除了羡慕只能羡慕。谁说老实人没好报的，活生生的例子。

“我们难过的不是因为我们会分离，而是曾经以为分离不会在我们身上发生。”

斌九特别爱麦瑶，这点我们都能看得出来。因为麦瑶经常熬夜，他就学着煮粥。每天早晨都是斌九把早饭做好，然后等麦瑶起来吃完再上班。

麦瑶也特别爱斌九，这点我们都知道。俩人好了以后，麦瑶仍然叫斌九弟弟，斌九也叫麦瑶姐姐。我们都觉得太变态了，他们说这是他俩的秘密。

可后来，他们还是分手了。

4.

理论上应该算是斌九出轨，被麦瑶直接撞到了，然后愤怒地摔门而去，半个月后把酒吧出兑，离开了成都。斌九从此再找不到她了，至少那段日子斌九找了许多地方，杳无音讯。

你看，生活从来就不像电影，所有的电影都会有结局，好的、坏的。

可生活没有结局，无论好的、坏的，都得硬着头皮往下走。至于斌九跟麦瑶的事，哪儿那么容易就算了。斌九不会干的，而麦瑶估计也不会。

其实那天的事，就是一个变态的巧合。斌九因为忙公司的事特别晚，晚上没回家，第二天中午回家直接倒头就睡，麦瑶在酒吧忙生意，一切平淡而祥和。

偏偏那天斌九回家门没锁，他的小表妹来成都玩，敲门见没人答应，直接推门就进了。看见斌九呼呼大睡，心想着好久没见了，应该留个影。

小姑娘玩心大，没拿自己的手机拍，直接拿斌九的手机拍了。在屋里待了一会儿，同学来电话就出门了。

晚上麦瑶回家，拿斌九的手机自拍，看见相册里斌九躺在床上呼呼大睡，旁边一个小姑娘摆着剪刀手，顿时火冒三丈。

这一切看起来确实很狗血，麦瑶因为前两次的欺骗已经是惊弓之鸟，没想到就连斌九也是如此，顿时心灰意冷，摔了手机，转身出门。

斌九醒了，就睡了一觉，被甩了。

用他的话来说，这世上再没有比他还操蛋的人了，因为睡懒觉被甩。

后来斌九不是没找过麦瑶，各种联系方式都找了，就是找不到。而且最让斌九郁闷的是，他根本不知道发生了什么，麦瑶为什么要不辞而别，而且这么决绝。

斌九一个人在成都生活了一年，他总觉得麦瑶会回来的，至少待在这个城市，遇见麦瑶的概率更大些。

斌九把酒吧又买回来了，比之前高了一半的价格。他觉得只要酒吧在，麦瑶肯定有一天会回来的。他没别的要求，就想问问她，为什么不辞而别。

那段时间我们充当的角色就是诸葛亮，而且是事后的那种。我们都劝他，那姑娘一开始我们就说不靠谱，你看现在怎么样？撇下你跑了吧，人家那么漂亮，怎么可能跟你一辈子？认清现实总比活在梦里好，日子还长，姑娘还有，看开吧。

斌九从来不反驳我们的话，因为他觉得没必要。他相信麦瑶，他

假如你没爱过那个人，你的生活，会是另一个样子。

始终觉得这里面有误会，但究竟是什么误会他也不知道。

春节回家，一家子人都到齐了，包括他那奇葩的小表妹。小表妹见了斌九就说：

“哎呀斌哥，你睡觉可真是够死的啊，我进你家门你都不知道，你说我要是把你家存折拿走了，你是不是都不知道啊？”

斌九听得不以为然，无非就是小表妹去了成都，他正好睡觉没招呼而已。直到听见小表妹下面的一段话：

“我跟你的合影你看了吗？你睡得跟猪似的，唉，把手机给我，给大家看看呗！”

斌九突然很冷静地问表妹，你哪天去的？表妹说了日期，斌九突然站起身，拍着桌子大喊：

“我操，哎呀我操，傻逼了，你可害死我了！”

说完穿衣服就出门了，家里人问他干吗去，他说回成都过年。

5.

斌九连夜回到成都，找到那部被麦瑶摔坏的手机，拿出内存卡翻到了那张照片。然后又在第二天回到老家，把小表妹拽过来合了影，又把表妹家的户口本以及自己家的户口本都拍了照。

家里人问干吗，斌九一五一十说了，大家先是一愣，然后满屋子追打小表妹。

斌九特别高兴，高兴的是误会解除了，可他又特别难过，难过的是一年过去了，连麦瑶的一点儿消息都没有。

正月十五那天，斌九打算启程回成都，就在打算走的前一天晚上，他收到一条短信：

“斌九，后天我就结婚了……”

斌九知道这条短信是谁发的，他半天没敢回，他拿着手机颤抖着打字，他怕慢了这号码就不见了。他把事情的原委都发过去了，包括跟小表妹的合影，还有家里的户口本关系，都一口气发过去了，然后是许久的沉默。

麦瑶其实第二天就从成都走了，她太难过了。她无法相信一张白纸的斌九也会出轨，也没办法原谅一个自己这么信任的人会这样。

她回了上海，遇见之前的那个男人，他告诉她自己离婚了，答应她的事做到了，想给麦瑶一个家。麦瑶本来是恶心他的，但一想到斌九这么对自己，也就赌气答应了。

虽然那男的几次想跟麦瑶亲热，但都被麦瑶挡回去了。她总是过不了心里那道坎，毕竟她一直爱着斌九。

麦瑶觉得无论斌九是如何对自己的，至少曾经两个人在一起的感情是真的。既然自己决定结婚了，就应该给过去一个了断。麦瑶在结婚之前给斌九发了条短信。

麦瑶拿着手机哭了很久，恨自己没给斌九解释的机会，恨自己太敏感。也庆幸斌九这么久都没放弃自己，也明白斌九受了多大的委屈，可眼下就要结婚了，她不知该怎么回复了。

6.

斌九等了许久都没等到短信，他觉得是没希望了，但他还想再尝试一下。

“麦瑶，不知信息你收到没有，我想告诉你的是，我很想你。你知道的，那是误会，只是你没给我机会解释，也不怪你，毕竟你那么敏感。

“可是麦瑶，咱俩好了这么久了，早已如亲人一般，如果你执意要结婚，也希望你能告诉我地址，至少让我陪你走完婚礼。

“我想做你娘家人，若是做不了娘家人，当个花童也行啊。”

麦瑶泪如雨下，同时也知道接下来该怎么办了，是斌九的最后一条短信给了她勇气。第二天，麦瑶留了一封信给那男的，大概意思是说，我把你甩了，你其实是个小三，我现在要回去幸福了，谢谢你陪我玩了一次过家家。

嗯，这事其实挺损的，那孙子估计哭晕在厕所了，但至少我们斌九和麦瑶幸福了。

麦瑶回来后，斌九大宴四方，把双方的家人都请来了，在他们酒吧里开的订婚宴。当然，包括斌九的小表妹。麦瑶拉着小表妹的手说：

“小丫头片子，你可真是把我害苦了。不过也谢谢你，让我知道，好男人还是有的。”

小表妹说你们结婚，我可要当伴娘的。斌九说祖宗啊，我结婚都得躲着你，万一你再给我弄出幺蛾子来。大家欢笑满屋，其乐融融。

斌九伴着大家的欢声笑语，单膝跪地，从兜里拿出戒指。

“世间会有许多错过，但凡是自己觉得错过的，都是值得遗憾的。可既然是错过，就该证明它是真的，所以我们都应该学会转身，把错过变成相逢。

“麦瑶姐姐，你愿意嫁给我吗？”

“愿意，我的斌九弟弟。”

你有没有爱错过人？是不是所有的相遇
都必须像世俗里的人，柴米油盐，路人甲乙。

09

丫头，丫头

沈博经常说："所有的爱情，都会有个结果，要么分手，要么死磕一辈子。可我的没有，一开始就是错的。"

1.

“你有没有爱错过人？是不是所有的相遇都必须像世俗里的人，柴米油盐，路人甲乙。”

沈博经常说：“所有的爱情，都会有个结果，要么分手，要么死磕一辈子。可我的没有，一开始就是错的。”

沈博的故事是在我许多次陪酒后才告诉我的，他一开始不打算说，甚至可能一辈子都不会讲。我不以为然，觉得无非就是那些情情爱爱，可后来我知道我错了，我甚至有些后悔逼他讲出来，有些事应该止于岁月，不再提起。

沈博是三年前去的福建，做酒店经理，他去了三年，三年没回家。回来的时候，像变了个人，不提过去的事，也不上班，每天浑浑噩噩混着。

没人知道他在福建那三年做了什么，也没人感兴趣。可他总是说有些事一开始就是错的，像祥林嫂一样絮叨，这难免令我好奇。

沈博刚去福建的时候，什么都不懂，从酒店最底层做起，端过盘子洗过碗，还给后厨的师傅当过配菜的小工。用他的话来说，他像一只小强，从酒店下面往上爬。

沈博因为工作认真，人还老实，深得老板喜欢。有一次酒店来了许多市里的领导，要在这儿搞签约仪式，什么都准备好了，还是出了差错。

酒店的主灯突然灭了，他跑去后台，发现是一根电线松动。他就站在那里举着线，一直保持这个姿势，直到会议结束。老板下来检查的时候发现他还站在那里，很是满意，觉得酒店能有这样的员工，值得培养，便直接将他从后厨提到了大堂。

他对酒店管理一窍不通，但认真好学，跟着老板学了几个月，所有大小事情都管理得很好。老板越发信任他，事业也就一帆风顺了。

如果生活按照这样的轨迹走下去，沈博在福建的这三年或许就会平稳度过。可生活从来就不会按照既定的轨迹走下去，但也因为这样，我们活着才会有期待，因为所有的相遇都是注定的。

沈博是个老实人，我们都知道，大学四年他一次恋爱都没有过，我们为此嘲笑了他许久。他总会一本正经地说，大好青年要把学业放在第一位，儿女情长留在以后。

可谁也没想到，沈博的儿女情长，真的是终生难忘。

他说，那是一个普通的晚上，他在大堂工作，老板打来电话让他赶去一家 KTV，正好有生意要谈。对于他这种人来说，要不是我们平时拽着他去唱歌喝酒，他自己绝不会主动去的，老板吩咐，就没办法了。

到了包房的时候，已经坐了几个人，老板一一介绍，都是领导。嘘寒问暖一阵后开始进入主题，老板给沈博一个眼色，沈博当时就懂了。

老板是想让他去找“公主”来，也就是 KTV 里的陪唱。沈博虽然是个老实人，但对于这些安排还是清楚的。他叫来经理，安排了几个姑娘给领导选择，自己躲出去抽烟了。

回来后，姑娘们站成一排，像极了被挑选的商品，可话说回来，在这里她们就是商品。沈博非常不喜欢这样的环境，他一分钟也不想待了，就在他起身出门的时候，一个小姑娘，应该也就二十几岁的样子，迅速往他手里塞了东西。

沈博没敢回头看，快速走出包房。在楼道的拐角处，沈博偷偷把东西拿出来。原来是一张字条，上面写着“选我”。

沈博开始没理解这句话的意思，后来他突然想到，可能这姑娘是想让他选择她陪唱，应该是有问题。沈博有些胆怯，他并不想节外生枝，他打算回去看看情况再说。

进包房后，他看见那姑娘正好坐在一位领导的旁边，极其不自然。领导的手不老实，恨不得摸遍她整个身体，姑娘的表情由紧张到害怕，最后是无助。

这个过程中，小姑娘一直盯着沈博看。

2.

沈博突然站起身，跟老板说，我看上这姑娘了，我要带走。老板先是一惊然后有些微怒，毕竟是领导选了的，咱们虽然是东家，但也不能坏了规矩。

领导倒是爽快，边笑边说，年轻人火气旺，看上就说嘛，没关系，带走带走，别伤了和气，小伙子敢于直言，应该鼓励啊。对于这位经常在电视里看见的领导，沈博心想，算你奶奶的聪明。

他转身问那姑娘：“出台不？”

“出！”姑娘特干脆。

“多少钱？”沈博问道，这可能是他这辈子第一次这样对话。

“一千。”

“走！”

沈博拉着小姑娘的手出了包房，老板继续陪酒。对于他们来说，无非是走了一个陪唱的，不值得自己动一丝一毫的心思，没了可以再选，姑娘有的是，这是老板经常说的。

沈博一直怕被老板带坏，每次出现这种应酬，都是安排好后，自己回家。

出了 KTV 的门，沈博就把手松开了，转身看着那姑娘，一时不知说什么好。

小姑娘还没从紧张的情绪里出来，半天才说，谢谢你啊。

沈博本想问别的，后来觉得没什么意义，对于这种环境，有可能什么都是骗局。虽然沈博心眼儿好，但他也知道社会险恶。

最近有很多朋友跟他说，有不少仙人跳，先约你出来，在见面的时候，突然跳出一堆人，威胁说是自己女朋友，必须拿钱了结。因为做了亏心事，大多数人心虚，所以被宰的不计其数。

沈博不想当那个被宰的人，所以他打算转身回家。

可小姑娘从后面追上来了，边哭边说：

“哥，你帮帮我吧，我所有的证件都被他们扣下了，我是过来找同学，被他们骗到这里来的，我跑不出去，求求你帮帮我。”

沈博心里一阵冷笑，觉得世界上最狗血的事发生在自己身上了。

一个心地善良的少年，要拯救一个失足少女，怎么听怎么像那些恶俗的街边小故事，他没打算理她。

小姑娘着急地从袜子里拽出了一张纸，沈博拿着纸才发现，她原来是个刚毕业的学生，因为过来找同学，却被骗了。

沈博选择了相信她，因为对于一个无助的女孩来说，无论她的工

总有一些人，昨天还在跟你甜言蜜语，
可转眼就陌路了。

作是什么，都是无法让男人拒绝的，即便她说她是被逼的。

沈博说："没事，我帮你就是了。"他拉着她的手，往 KTV 里走，找到老板，说跟这姑娘认识，而且是她哥哥，如果不放人，立马报警。

毕竟沈博对这边很熟，一般来说，干这种见不得人的事，老板多半是心虚的。就连东莞都被彻底清理了，所以他也想趁着这个机会敲一笔，张嘴要了五千块钱的违约金。

沈博也没多说话，摔了钱，就带着她出来了。

拿回身份证和其他的证件后，小姑娘特别高兴，想求着沈博赏个脸，一起吃饭。沈博说只是举手之劳，不用感谢，赶快回家吧。

小姑娘说你还没问我的名字呢，沈博特别装逼地说了一句：

“江湖相见，不问缘由，名字自然无须知晓了。”

可小姑娘不干，拽着他的手说，我叫程筱，你叫我筱筱就好了。沈博说我送你回家吧，筱筱说不用，很近的，我自己就走到了。

客气地道别，俩人背对而行。走到第一个路口的时候，他突然想起，这姑娘根本就没地儿可去啊，她在 KTV 的时候应该是住公司提供的地方。沈博放心不下，回去找她，果然，她还在原来的地方。

3.

筱筱坐在路边，旁边一个大箱子，头埋在双腿里，看起来可怜极了。沈博走过去，蹲下，用手摸了摸筱筱的头说：

“怎么没回家？在这儿坐着多冷啊。”

“不知道去哪儿，也不敢回家，怕家人失望。”

“那你总不能一直在这儿待着啊，这样吧，送佛送到西，今天你就跟我回家吧，我那里还有一间屋子是空的。”

“方便吗？”筱筱小声地问。

“哦哦，方便方便，我单身。”

筱筱就不再搭话了，沈博突然明白，筱筱是不放心自己。

“你放心，你一间屋子，一把钥匙，保证安全。”

“那真的麻烦你了，我尽快搬走。”

“走吧，回家。”

沈博就这样把在街上无家可归的程筱带回了家。沈博单身多年，第一次往住处带姑娘，内心难免紧张和悸动。

回到家的时候已经夜里两点多了，沈博给程筱煮了一碗面，自己就回屋睡觉了，程筱吃完也去睡了，俩人就这么相安无事地度过了第一晚。

第二天沈博起床上班的时候，突然惊呆了，因为现在的家，和自己印象中已经完全不一样了。

程筱特别能干，把屋子收拾得干干净净，还给沈博做了早饭，煎了鸡蛋，倒了牛奶，让沈博这么多年第一次体会到家的感觉。

因为家里有程筱的照顾，沈博白天工作更有劲头，他觉得程筱这小姑娘就像天使一样，落到他身边。

平时工作没事的时候，沈博总是喜欢赖在酒店不回家，至少这里还有人能说说话，回家后就他自己。可如今不同了，家里有了程筱，他每天都盼着早些下班回家，他自己也不知道为什么。

俩人就这么相安无事地相处了几个月，程筱没有要走的意思，沈博也没提过这件事，可沈博的父母月底要来看沈博。

沈博没办法，求着程筱能不能帮自己一个忙。父母这次来福建，就是想看看沈博过得怎么样，如果不好，就带他回老家了。而最能让他父母放心的事，就是沈博找到女朋友。

沈博求程筱这段时间做自己女朋友，当然是装给父母看的，程筱勉强答应。

父母如期而至。沈博面对父母如坐针毡，程筱对于沈博父母的上下打量，倒是表现得很自然，招呼父母坐下，端茶倒水唠唠家常，完全不像平日里的那个小姑娘。沈博突然觉得，如果假戏真做了，也是未尝不可的。

晚上沈博带着程筱和父母到外面吃饭。吃饭的过程中，对面来了几个人，一直盯着程筱窃窃私语，然后很诡异地微笑。沈博注意到了程筱的不自然，虽然仅仅是一瞬间，但并没有放在心上。

吃完饭后一家人回家，晚上自然是沈博跟程筱住在一个屋子里。沈博对程筱说："你放心，我睡地上，你睡床上，我保证老老实实。"

程筱心里挺感动，觉得沈博是个正人君子。一夜相安无事，早晨的时候，沈博的父母早早起来叫他俩起床，推门看见沈博一个人睡在地上，似乎就明白了。俩人可能根本就没在一起，或者吵架了。

沈博的父母偷偷拉着沈博过来问，你们是不是吵架了？怎么还分开睡？沈博打着哈哈混过去了，说自己工作忙，晚上忙得晚，就没想打扰程筱，自己睡地上了。虽然是很拙劣的借口，好在是应付过去了。

沈父沈母待了几天，就回老家了，屋子里又剩下沈博跟程筱，经过几天的相处，俩人的感觉似乎发生了微妙的变化。

因为沈博要出差几天，急着出门，没告诉程筱，三天后回来的时候，发现程筱不在屋子里，沈博打了电话也没人接。就在他急得不行的时候，程筱拎着一堆东西回来，看见坐在屋子里的沈博，扔下东西就跑过去抱着他，边哭边说："你去哪儿了？怎么才回来啊？"

沈博没想到程筱的反应会这么大，也没想到自己在程筱的心里这么重要。他心里一阵感动，抱着程筱安慰着。俩人就这么看着对方，程筱慢慢地把眼睛闭上，沈博紧张地把嘴凑过去，俩人就这么好了。

有了程筱后，沈博的生活发生了天翻地覆的改变。下班不再加班，早早地回家了。回家后也不用跑到楼下随便吃一口，因为程筱已经把饭菜做好了。这样的生活让沈博觉得幸福，也倍加珍惜。

4.

生活有条不紊地进行，一切都向着好的方向发展。沈博大程筱四岁，他叫她丫头，程筱叫沈博哥哥。像所有年轻人一样，两个人没事的时候就腻在一起，憧憬以后的生活。

“可生活就像海洋，我们都是一艘小船，无法抵御汹涌的波涛，我们只能尽量让自己保持航线，不被海浪击沉。”

可沈博和程筱这两艘小船，还是沉了。

沈博跟朋友一起出去喝酒，朋友们听说沈博谈了个女朋友，都吵着闹着要见嫂子。沈博推托说很晚了就不出来了，拿了手机照片给大家看。手机传了一圈，有个不怎么熟悉的男人面露微笑地看着沈博，他察觉出这里面一定有问题。

全都喝完散场后，那个男人把沈博拉到旁边小声地说，我认识你女朋友，她以前是做公关的，就是小姐。你找个机会，分手吧。

沈博如五雷轰顶，他虽然知道程筱以前是做什么的，但他没想到她曾是小姐。他以为她只是不小心被朋友骗进来，遇见他的时候，想求他帮忙而已。

因为他相信程筱，所以对她的过去从不过问，也从未听程筱提起过去，更没听她说起自己的父母。沈博觉得自己被骗了，而且绿光闪闪，他需要弄清楚。

晚上回家的时候，沈博一言不发，全程无视程筱的热情。他坐下来看着程筱说，你坐下，我们谈一谈。

“我从未问过你的过去，但你知道，有些事是瞒不住的。”

“是，你想问什么？”程筱似乎猜到沈博要问什么。

“你……你以前是不是……”沈博还是无法将那两个字说出口。

“小姐，是不是？”程筱面无表情地说道，她知道有人背后搞鬼。

“……嗯。”

“对，我做过，遇见你之前都是。”

“为什么选我？”

“看你老实，好骗！”

“呵呵，好骗，是啊。”沈博突然全身无力，“我不问，你打算瞒我多久？”

“一辈子。”

“你竟然想骗我一辈子？”沈博愤怒得无以复加。

“对，就是要骗你一辈子！现在你知道了，我可以走了。”

程筱起身摔门而出，沈博没去拦，他在那一瞬间突然觉得程筱特别脏。他想起和程筱的缠绵，不知道有多少人曾压在程筱的身上，他突然干呕起来。

对于程筱的出走，沈博不以为然，他不明白她为什么要骗他，更不明白她为什么要这样对自己。自己心甘情愿对她好，她为什么要这

你感到难过，不是因为那人欺骗了你，而是因为你再也不能相信对方了。

么狠心？如果当初她能告诉自己事实，或许沈博能够接受她，可他最无法忍受的是欺骗。

沈博觉得自己像个傻逼，被程筱玩得团团转。但他又恨不起她来，也或许是见了太多的肮脏，他觉得每个人都是如此。对于信任，沈博觉得自己特别缺失。

后来，不知沈博的父母怎么知道这事了，认为简直就是家门耻辱。打电话来，让沈博立刻分手，马上回家。沈博无力辩解，辞了工作离开福建，回家了。

要不是他对我说这些，我根本想象不到他这几年会发生这么多事。可事情如果到这里就结束了，也就没那么深刻了。

沈博回家后，因为年龄也不小了，就想找个踏踏实实的姑娘结婚。相了几个，选了一个音乐老师，人很好，对沈博也是客客气气，但总觉得少了点儿什么。

他经常会梦见程筱，每次都会惊醒，独自坐在床边，一遍一遍地说着丫头、丫头……

自从程筱走后，沈博就没再见过她。

5.

2013 年国庆，沈博回了一次福建，因为哥们儿结婚去参加婚礼。许久未见的朋友们相谈甚欢。不知不觉就聊到了程筱。沈博本不想再提，但有一个哥们儿说，你们真分手了？沈博点头。

“可惜了。”

“什么？”

原来那次喝酒，跟沈博说程筱是小姐的人，是之前去 KTV 想带走程筱的男人。但因为程筱死活不肯，为了不去，拿起酒瓶就砸了自己的脑袋。

其实跟沈博说这些的人，根本算不上什么朋友，只是一些合作上的伙伴，自然心怀恨意，想使点儿坏，让程筱没好日子过。

而沈博之所以相信他们的话，是因为在沈博的心里就没有真正相信过程筱。那个人第一次去的时候就碰见程筱了，沈博是第二次。所以程筱觉得沈博是个老实人，可以救自己出去，才有了之前的事。

沈博不知道怎么回的家，也不知道这一路是怎么过来的。他知道自己用最恶毒的语言伤害了最爱自己的女人。他想挽回，却没有机会。

沈博回家后推掉了婚事，他想去找程筱，跟父母说了缘由，父母也就不再阻拦了。沈博走了很多城市，去过所有程筱曾说过想去的城市，都一无所获。沈博觉得这辈子都可能见不到那个丫头了，也听不见程筱温柔地叫他哥哥了。

他不打算放弃，他说：“你有没有爱错过人？是不是所有的相遇都必须像世俗里的人，柴米油盐，路人甲乙。我就是程筱爱错的那个人，如果她能找一个普普通通的人，在一个陌生的城市重新开始，最好不过了。”

程筱有消息时，沈博正在去深圳的路上。他站在售票厅里排队买票，突然电话响了，显示的是一个陌生的号，没等接起来就挂断了。

沈博回拨过去的时候，是一个路人接的，这是一个公共电话。

十几分钟后，电话又打进来了，是个男人打的。

“请问，是沈博吗？”

“嗯。”

“程筱在等你，可能不行了。”

沈博问了地址，连夜打车过去，到了医院，看见许久未见的程筱躺在床上。不知是走过去，还是怎样。他想逃走，因为没有脸去面对她。

程筱看见沈博来了，笑着招呼他坐下。男人是程筱的父亲，说了几句话，就出去了，留下沈博和程筱。沈博不知道该怎么开口，倒是程筱先说的话。

“哥哥，你来啦？”

就这一句话，沈博再也挺不住了，趴在程筱的床上痛哭起来。

“我找了你很久，一直没有消息，我没脸见你，我是王八蛋。”

程筱轻轻地摸着沈博的头说：

“没关系的，我知道哥哥总有一天会相信我。”

“你不恨我？”

“恨啊，特别恨，他们诬陷我，你竟都没问我是不是真的。从你当时的表情看，你就是相信了，我多做解释又有什么用？”

“对不起。”

“别说对不起，你没有错。该说对不起的是我，我没能保住我们的孩子。”

沈博特别吃惊。

原来程筱在离家之后，才发现自己怀孕了，她本想去找沈博，但又在气头上，觉得自己特别委屈。本来是打算打掉的，但又觉得太可惜，程筱决定去西安把孩子生下来。

程筱独自在西安生活，已经五个多月了。就在程筱打算去超市买些东西的时候，被街头转角的一辆车撞倒在地，大出血，孩子没了。

程筱神志不清期间一直念着沈博的名字，父亲从她手机里找到沈博的号码，这才联系到他。知道事情的真相后，沈博狠狠抽了自己两记大耳光。

程筱看着沈博，眼泪噼里啪啦往下掉。她一直跟沈博重复着一句话：

“哥哥，我是干净的，除了你，没有别人。”

“我知道。”

“哥哥，我是你的人，你要相信我。”

“我知道。”

程筱说完这两句，就昏过去了，重症监护了两天两夜，凌晨四点多走的。

因为颅内出血，回天无术。

6.

沈博跪在地上给程筱的父亲磕了三个头，求他把程筱的骨灰给自己。因为程筱的父亲已经和她母亲离婚另组家庭了，也就同意了沈博的要求。

程筱又回到了福建，是沈博带她回来的。沈博说他不知道以后的路怎么走。但他不会离开福建，他要一直陪着程筱，即使以后结婚生子，他也要随时能见到程筱，他欠她的太多了。

沈博没有回老家，把父母接过来后，就一直在福建。

我知道沈博离不开那座城市了，那里有他的魂，有他的命。

在所有认识他的人里，只有我知道他的故事。前几天晚上，沈博给我打电话说，他梦见丫头了，我说你别瞎想了，事情已经过去了。

沈博说过不去的，有些事一辈子都过不去的。

“如果可以选择，我愿意做她擦肩而过的路人甲乙，也不愿做她生命里爱错的人。那样她就可以一世安康，平安幸福。”

沈博说，丫头走后，屋里太空了，但又觉得她从没离开，好像每次下班回家，她都能从厨房冲出来，笑眯眯地看着他说：

“哥哥回来啦，今天辛苦了，丫头给你捶捶背。”

“今天有好吃的，哥哥请品尝……”

“丫头想你了，你怎么才回来？”

“……哥哥。”

“我是你的人，你要相信我。”

你走的每条弯路，其实都是必经之路，

前面的荆棘路只能你自己走，

你永远都无法借别人的翅膀飞上天空。

10

栾梦的岛

你管那人叫过去，只敢夜里记起，旁人问起，你总说是上辈子的事。世事难料，那么多的感情，付之东流，毫无结果，这大概是你这辈子做过最奢侈的事了。

1.

济南的夏天燥热无比，因为工作关系，我在济南生活了一年多。某个白天跑了一天，晚上正打算洗洗睡了，蒋宇的一个电话让我睡意全无。这孙子永远这样，你想找他的时候，永远找不着，你不想找了，他却跟鬼似的，不分场合地点就来电话。

“在哪儿呢？过来喝酒，今晚这局必须来！”

“喝你大爷，我刚要睡觉，你就来电话，成心的是吗？”

“别，我大爷不好喝，说正事，今天栾梦刚到的济南，你得过来帮哥们一把。”

“得，我就知道没好事，哪儿呢？”

“苏荷酒吧，进来左转第二张桌子。”

“好，等着。”

栾梦是个美女，特漂亮，浑身透着性感，男人看见就想扑倒的那种。当年认识的那会儿也想着能有段故事呢，可谁能想到，栾梦压根儿就不喜欢男人，没错，她是拉拉，也叫蕾丝。我觉得蕾丝好点儿，听着还性感。

我跟蒋宇是在一个哥们儿生日聚会上认识的。本来不认识他，但这孙子实在太能嘚瑟了，让人没办法不把目光集中在他身上。

他属于聚会上负责活跃气氛的，满嘴跑火车，特逗逼的一个人，喝了几次酒也就熟了。平时有个大小聚会，都带他，一来二去的身边这几个朋友圈子就都熟了。

负责任地说，他跟我朋友的关系，甚至超过我。我问过他，你丫到底干什么工作的，他总是笑而不语，说保密，但绝对合法。我说你绝对是猎头，不然怎么可能所有人都喜欢你。

蒋宇说："并不是所有人都喜欢我，总是有意外的。"

他说这句话的时候，表情异常悲凉，从没见过他这样，但随后他就一笑而过了。

栾梦是蒋宇介绍给我认识的，那时候她刚从北京来济南出差，正好有些事情能帮到栾梦，也就一起小聚了一下。初次见面就觉得，这姑娘真漂亮，荷尔蒙般的漂亮。

私下里我问过蒋宇：

"栾梦有男朋友吗？"

"没有，至今单身。"

"你觉得我有戏吗？这姑娘真是水灵。"

"就你？下辈子吧，哥们儿已经预定了。"

"你不是说单身吗？"

"对啊，我不还没追上么，暂时单身。"

这孙子，总是让人无可奈何。得了，既然蒋宇一直惦记着，咱只能忍痛割爱了。

其实说白了，栾梦对于我来说，也仅仅是荷尔蒙冲动下产生的原始思维，连喜欢都到不了，哪儿能是爱啊。

从动物本性来说，男人喜欢一个女人和想上一个女人，基本道理是相同的。但男人可以直接选择上了这个女人，不喜欢也可以，纯粹的原始冲动。

至于女人是否如此，就另当别论了。绝大多数女人都是没有爱情，一切免谈。由此可见，男人还真是下半身动物。

2.

蒋宇说，栾梦是他在济南上大学时认识的，那会儿的大学还不像现在这般开放，所以追姑娘的前提都是建立在爱情和理想上，和钱并没有太大关系。蒋宇是学校篮球队的，一米八四的个子，在校园里也算得上是一道风景。

栾梦是学校芭蕾舞队的领队，在一次系里文艺汇演的时候，当主持人说完栾梦这个名字后，蒋宇就彻底死在那个下午了。准确地说，是听到栾梦这两个字的时候，他的心就已经乱了。

舞台上的栾梦是高贵的，是不可仰望的。蒋宇的眼睛在台下跟随着栾梦的舞步移动，吞咽着口水，可以形容为青春里第一次悸动。

其实那天的演出，对于栾梦来说，不是收获了一位死心塌地的小伙子，而是收获了一群色胆包天的小伙子。因为栾梦平时都在舞蹈室练舞，自从到了大学，也很少出门。对于这位横空出世的美女，校园里仍然单身的少年们，自然是摩拳擦掌。

蒋宇不傻，他当然知道以栾梦的条件，只要露面就是情敌千万的那种。他不能和他们一样，他必须以另一种方式，让栾梦从这几千人里看到自己，从而感动得以身相许。

蒋宇选择的是怀柔政策。那些愣头青都是堵在栾梦回寝室或者去食堂的路上，太低级，那都是蒋宇中学玩剩下的，对于姑娘来说，滴水穿石润物细无声般的关怀，来得更入心入骨。

每天栾梦练舞的时候，蒋宇就等在门口，栾梦出来的时候一杯热水送上。每天栾梦回寝室的时候，两瓶热水打好，交到手里转身就走。学校整个食堂的窗口都打好招呼，只要是栾梦过来吃饭，都免单，月底一起找他结算。

最牛逼的是，这期间蒋宇愣是对栾梦一句话没说过。再高冷的女孩估计也都明白怎么回事了，但纠结就纠结在这儿了，既然你对我有意思，干吗不跟我说话？

终于在一次偶然相遇的情况下，栾梦把蒋宇叫住了。

“你什么意思，蒋宇？”栾梦瞪着蒋宇说的。

“没意思,为人民服务呗。”蒋宇按捺住内心的紧张,面无表情地说。

“去你大爷，你他妈怎么不给全校的女生服务啊？”

“呃，不是你想的那样……”

说真的，蒋宇做梦都没想到自己的女神，会对自己爆粗口，而且说得还特别自然。他之前准备好的词儿，准备好的策略，面对这么一个不按套路出牌的姑娘，全都废了。

爱情最令人着迷的就是，你永远无法预知自己会遇见一个什么样的人，也无法预知你们的结局。但就是这种未知，才让我们迷恋到欲罢不能。

蒋宇很快明白了，栾梦绝不是自己以往认识的那种姑娘。他所有的招数，在她身上都是无效的，但他在心里却觉得，这姑娘我真就吃定了。

“咱俩没戏，趁早断了念头吧，好姑娘一大把，别在我身上浪费时间。”栾梦极其不耐烦地说道，根本没看蒋宇一眼，直接走过去了。

不要以为你放不下的人，同样也会放不下你，

鱼没有水会死，水没有鱼却会更清澈。

3.

蒋宇直接冰冻了，他根本不知道为什么会这样，到底是哪里出了错？这事一直困扰蒋宇到大学毕业，期间蒋宇仍是不死心，但栾梦就是不给他好脸色。

蒋宇中间估计也是因为赌气，谈了一个女朋友，是一直喜欢他的学妹。他想借此看看栾梦是不是心里有他，没事就领着小女朋友满校园乱窜，而且专门找能碰见栾梦的地方。

让他更难过的是，栾梦没有表现出一丝一毫的不快和忌妒。他也终于明白了，栾梦就是一块铁疙瘩，实心的，自己没有办法打开她。

可爱情就是如此，如果他俩之间还算爱情的话。在大学毕业的时候，蒋宇参加了无数的散伙饭，喝醉了不知道多少次。破天荒的，栾梦给他打电话，说晚上有个聚会，来不来参加。

蒋宇等这个机会等了三年，二话没说，直奔酒局。到了才发现，一屋子的姑娘，没一个他认识的。栾梦招呼他坐下，倒了三杯白酒，一句话没说。

栾梦给自己也倒了三杯白酒，一饮而尽，三杯一滴不剩。蒋宇没含糊，同样三杯下肚。栾梦看着蒋宇说：

“蒋宇，你他妈喜欢谁不好，偏偏喜欢我！你他妈是不是脑子有病？你追姑娘的时候，不问底细吗？你倒是打听打听啊！”

这两句话把蒋宇彻底整蒙了，不知道怎么接，也不知道该不该接。

“蒋大傻逼！你他妈四年的时间，全浪费在一个拉拉身上，你傻逼不傻逼？”说完这话，栾梦就哭了，眼泪啪啪往下掉，咬着嘴唇看着蒋宇。

蒋宇没再说话，就像一个几十岁的老人一样，瞬间没了生气。蒋宇拿起面前的二锅头，仰起头喝了一半，头抵在桌子上，哭了。

一屋子的人，没人说话。过了好半天，蒋宇红着眼睛抬起头看着栾梦，问了一句话：

“如果你不是拉拉，你会爱上我吗？”

栾梦没接话，仍是继续喝酒，突然她抱了抱蒋宇，就像兄弟间见面那样自然随和。她在蒋宇耳边说：

“蒋宇，你会和你寝室的兄弟上床吗？不能，你做不到。因为你觉得恶心，但你仍然爱他们，因为他们是你的兄弟。我能不能爱你？当然能，因为你是个很好的人，但只能到朋友了。”

蒋宇哈哈大笑，带着泪的那种笑。又是几杯酒下去，他拍着栾梦说：

“你他妈把我坑苦了，为什么不早告诉我？”

“我以为你知道。”

“关键是谁也看不出来啊。”

“谁他妈把我是拉拉刻脑门子上啊？”

“那你是扮演什么角色的？”

“扮演你大爷，我就是我，我只是不喜欢男人罢了。”

“哦，有机会，把你那位介绍给我看看吧，也算是让我了却心愿。”

“喏，抬头，你对面就是。”

4.

蒋宇抬头看见对面的那个姑娘，从进门的时候就一直盯着自己，还纳闷是不是看上自己了。没想到这位就是自己的情敌，而且根本就不是势均力敌的那种。

“你好，我叫安心，栾梦的好……朋友！”安心大方地走过来跟蒋宇握手，蒋宇这才细看了这位姑娘，长得清秀，但又透着英气，齐耳的短发看起来特别干练，他也明白两个人的角色了。

“你好，我是蒋宇，就不多介绍了，我是栾梦的……朋友。”

他说这话的时候特没底气，因为连他自己都不知道，自己究竟算不算栾梦的朋友。那次聚会蒋宇和栾梦她们玩到很晚，彼此也说了很多心里话，把这几年的心结也都打开了。

蒋宇后来跟我说，他不知道自己的心结打没打开，只是知道没希望了，那个结变成了死扣，打开与否，都不重要了。对于栾梦，他的那份喜欢仍没放下，只不过是以朋友好哥们儿的身份待在身旁，这对他来说，已经足够。

毕业后的蒋宇选择离开济南，他说这座城市带给他的感觉全是假象，就像那场可笑的暗恋，最终以失败告终，连谁是对手都不知道。

蒋宇去了深圳，而栾梦留在了济南，和安心一起开了一家舞蹈工作室。每年的同学聚会蒋宇都会回来参加，而每次参加都是以醉得不省人事收场。因为每次他和栾梦都是喝得最多的，在场的朋友都知道他俩那段算不上感情的感情。

所有人都搞不懂栾梦和蒋宇的事。如果说栾梦不喜欢蒋宇，那为什么每次聚会都会拉着蒋宇说个没完，又哭又笑喜怒无常？如果说喜欢，那为什么每次聚会之后，俩人像是商量好似的，彼此又不再联系，就像仇人一样？

这事估计连他俩都解释不了，只能说一段感情一段伤，一个脑残配傻逼了。

蒋宇在深圳待了三年，因为公司要在济南开分公司，他只能回来。而栾梦因为工作室活动和北京那边牵扯得越来越多，索性就把工作室搬到了北京。俩人像商量好似的，彼此错过。

我问过蒋宇，为什么栾梦会是这样的取向，蒋宇先是沉默，然后才开口：

“栾梦的父母在她六岁的时候就离婚了，她跟着母亲生活，后来母亲改嫁，嫁了个富商。生活虽然好起来，但噩梦也随之而来。在栾梦初三的时候，继父趁她母亲没在家，强奸了她。

“她为了母亲，没说出来。而且继父也求，说自己是一时冲动，她心软就没对任何人讲。但事与愿违，没过多久她就发现自己怀孕了，背着家里人去的小诊所，大出血，差点儿就不行了。医生给家里人打电话，说要想保命只能切除子宫，栾梦妈妈问是谁的，栾梦死活不说。

“最后没办法，栾梦妈妈在手术单上签字，栾梦就这样，彻底失去了做母亲的资格。”

5.

“因为失去子宫以及继父的伤害，栾梦的心理在潜移默化地改变，比如惧怕男生，对任何男人都没有好感，越来越封闭自己，直到她遇见安心。”

蒋宇说完这些后，抽了一根烟，靠在沙发上闭着眼睛说：

“栾梦跟我说过，如果她的子宫没切除，她会选择跟我在一起。可现在即便她不是拉拉，也不可能跟我在一起，她说她得为我负责，毕竟我家里就我一个。

“一个孩子而已，去哪儿不能领养一个，我都说了不在乎，她还是不愿意，或许她就是不喜欢我吧，从来也没爱过我。”

后来因为栾梦去了北京，每年的同学聚会，就剩下蒋宇自己了。栾梦没再回过济南，至少已经两年没回来过了。蒋宇不是没找过，但一切联系方式都断了。

蒋宇的终身大事，他父母已经不知道催过多少次了，但在蒋宇心里还是抱有侥幸心理，觉得再等等总应该有个结果吧，或许事情就有转机了呢？

他不知道的是，有些事可以等，有些事不能等。他和栾梦就像海鸥和鱼一样，只能彼此相望，任何一个人想要改变这种现状，最后都会是遍体鳞伤或者死无葬身之地。

他终于是抵不过时间的，人最怕的就是没有希望，任何一件事，只要还有希望就有坚持下去的动力，而栾梦对蒋宇来说是绝望的等待。他终于同意相亲，因为他实在耗不起了。

见过几个姑娘，终于定了一个。我见过几面，挺有气质的一个姑娘，对蒋宇言听计从，让我们好生羡慕。蒋宇的女朋友和栾梦比起来，就像一杯烧酒和一杯烈酒的差别，一个热情似火，一个外冷内热。而蒋宇也从一开始的试试看，发展到了谈婚论嫁的地步。从他的眼神里看得出来，他是越来越喜欢这姑娘了，打心眼里想娶对方。

蒋宇跟我交代过，他曾经和栾梦的那些事，不要再提了，更是千万不能让他女朋友知道。毕竟这种事，于情于理对谁都是伤害，他不想因为一件本就没发生过的事，弄得彼此不愉快。

感情这种事就是如此，有人走，就有人来。恋爱就像等车，如果一直等不到要坐的车，那只能打车或者走着回去。感情也一样，没谁会一直在原地等某个人，时间到了，人就走了。

后来很长一段时间都没再看见过蒋宇，打电话也不通。过了一段日子才知道，这孙子已经把订婚仪式都搞完了，现在正着手准备婚礼呢，给我来电话让我过去帮忙。

新房挺漂亮，装修的风格也好，蒋宇显得很兴奋，跟我显摆。在书房的一处角落他指着一个杯子说：

“这是栾梦最喜欢的一套杯子，整个济南就这一套了，可搬家的时候还是碎了几个，就剩下这一个了，本来打算送她的，你说她知道了会不会杀了我？”

蒋宇回过头笑着跟我说，但他没发现，他女朋友也在我身后，问了一句，栾梦是谁。我们嘻嘻哈哈地说是曾经的一个朋友，是寝室兄弟送的杯子，刚刚想起来就随便聊了几句。

他女朋友将信将疑地走了，吓得我俩一头汗。栾梦对蒋宇来说，真是这辈子的冤家。

汹涌的人潮总是将我们冲散，别难过，

我注定是无法回头的岛……

6.

因为堵车，对面的喇叭声把我从回忆里拽了出来，看了表，已经堵了半个小时了。蒋宇的电话又过来了，问我什么时候到，我说马上，堵车呢。

从他的语气里能听出兴奋和激动，毕竟他已经两年多没见栾梦了。蒋宇原定月底结婚，正好栾梦这次回来，也不知道会发生什么。

到了苏荷酒吧后，远远地就看见蒋宇对我招手。我走过去，看见许久未见的栾梦，一阵恍惚。栾梦有些胖了，但还是那么漂亮，人更稳重了，只是看上去有些疲倦。

原来栾梦和安心分手了。分手的原因很简单，安心抵不过家里人，找了一个自己根本不爱的男人结婚了，但又无法说出自己的痛苦。毕竟在中国，这种事家里人还是无法接受的。

栾梦和安心不同，自从当年从家里出来后，她就再也没回过家，一是无法面对曾经伤害过自己的继父，二是无法面对母亲的言不由衷。她索性就收拾东西从北京回来了，临走之前栾梦抱了抱安心，谢谢她这么多年的陪伴，接下来的路，她自己走。

安心哭着送她上的飞机，栾梦一滴泪都没掉，看着在玻璃窗外哭得撕心裂肺的安心，她只是觉得出奇的平静，因为只有心死的时候，人才会特别平静。她知道，她的一部分留在了安心那里，永远也取不回来了，她永远都无法那么自私。

三个人不知不觉就聊到了深夜，说说这两年的生活，说说这两年的感情。当说到蒋宇的感情问题时，栾梦随口说了一句："蒋宇，你也不小了，该找个女朋友过日子了。”

我没接话，蒋宇也没接话。三个人都沉浸在重逢的喜悦中，压根儿就没想到蒋宇月底要结婚的事，也没来得及跟栾梦说这事。

空气突然陷入了极度尴尬中，倒是蒋宇先打破僵局，问栾梦在济南待多久。栾梦说可能就不走了，蒋宇说好，那月底过来参加我婚礼，时间不早了，我先回去了，她不敢一个人在家。

留下了尴尬的我，以及没缓过神的栾梦。

蒋宇走了半天，栾梦才想起问我：

“刚才，我没听错吧？他月底结婚？”

“嗯……”

“怎么都结婚了，就剩下我自己了。”

栾梦说完这句话，就没再说话，看着窗外的人来人往，车水马龙。我陪她坐了一会儿，相对无言，后来起身走的时候，我跟栾梦说：

“我不想安慰你，但你要知道，蒋宇曾为了和你在一起，付出过怎样的努力。”

“我知道，我只是有些难过，他爱上了别人，你说我是不是挺贱的？不给人家希望，还吊着人家？现在有个说法叫什么来着？什么婊？对，绿茶婊！特虚伪的那种，我就是。”

“别这么说自己，你明知道事情没那么简单。”

“走吧，时间不早了，我自己待会儿。”

“嗯，别瞎想了，要不我送你回去？”

“不用，就想自己待会儿。”

“得，拜。”

跟栾梦告别后，我没打车，走着回去的，想着这俩人的事，究竟是哪个环节出了问题。是否真如蒋宇说的，栾梦就没喜欢过他？可是栾梦知道他要结婚后，那神态完全就跟丢了心爱的人一样。可两个人怎么就没办法在一起？仅仅是取向问题吗？

我不得而知，这问题连他俩都没弄明白，我更别想明白了。

蒋宇的婚礼如期而至，新娘子美丽动人，新郎一表人才，一切都是那么完美。栾梦迟到了，在新郎新娘交换戒指的时候，她刚刚赶到。她站在门口看着眼前的一幕，然后很快整理好情绪，面带微笑入座。

婚礼举行完毕后，新郎新娘过来敬酒。等到了栾梦这里，蒋宇拿出三个杯子，倒满白酒，不顾新娘的疑问和众人的眼光，一饮而尽。栾梦笑了笑，端起酒杯，连干三杯。喝完最后一杯的时候，她盯着蒋宇说：

“结婚，就要有个结婚的样子，别耍小孩子脾气，乖。”

然后栾梦拿起包转身出门。新娘看得出来俩人的关系不一般，但她反倒跟蒋宇说：

“我不管你俩曾经什么关系，今天必须把这事处理干净了，你去送送吧。”

蒋宇跌跌撞撞起身出门去追，新娘怕蒋宇出意外，让我在后面跟着。出了门看见蒋宇拉着栾梦问她刚才的话什么意思，为什么会哭，为什么有些话，当年不说。

栾梦整理了一下衣服，很仔细地帮蒋宇系好领带，眼神里满是温柔。然后双手拍了拍蒋宇的肩，摸了摸他的脸说：

“蒋宇，从今天开始，你就是别人的了。感谢你爱了我整整六年，可是你从一开始，就爱上了一个错的我。如果真他妈有下辈子，我肯定给你当媳妇，天天腻着你，一时一刻都不让你离开我的视线。可这辈子没希望了，你以后好好的，对人家好点儿。”

“栾梦，我就问你一句话……”

“别问了，蒋宇，有些感情，注定没有结局，这里没有对错。”

蒋宇结婚后的第二天，栾梦走了，只说是去上海，我们都没再问其他，因为蒋宇和我都知道，栾梦永远不会再回济南这座城市了。她的一部分留在了北京，一部分留在了济南，属于她自己的那部分已经支离破碎了，不忍碰触。

三月份的时候，蒋宇收到了一张照片，没有邮寄地址。照片上的人是栾梦，坐在船上背靠大海，安静淡然地笑着。照片背后有她写给蒋宇的字，同时也解开了那个谜题：为什么他们始终无法在一起。

“宇，你曾问我，我们之间究竟隔着什么，无法靠近，我想现在可以给你答案了。

“我是一座移动的岛屿，而你是海岸，在人群里我将自己捆住，逆流而行。汹涌的人潮总是将我们冲散，别难过，我注定是无法回头的岛……

“但你的岸终会绿树成荫，群鸟相伴。”

过着自己的日子，怀念着你的从前，

仿佛自己多活了一辈子。

11

七姑娘

这世上的感情太多了，好的坏的，都有它存在的理由，就像有的姑娘爱上了人渣，旁人觉得可惜了这姑娘，但谁都不是那姑娘，爱情就这点好，公平不公平全看自己愿意。

1.

男人聚会只分三种，一种是为了吹牛而聚，一种是为了工作而聚，还有一种就是为了怀念青春而聚。无论哪种，最后都有一个共同点，吹牛逼，聊姑娘。

2013 年春节时，回老家过年，正好当年初中要好的几个哥们儿都回来了，几个电话就拽到一起。五六年没见，胖了瘦了，老了帅了，寒暄了一阵突然就沉默了。

因为发现对每个人的认知都还停留在过去，而这其中的空白都是无法知晓的，除了尴尬的冷场只有面面相觑。好在我们还有酒，只要男人之间有酒，一切就都会变得热闹起来。

几杯温酒下肚，话匣子就开了，从初一扯到初四，当年喜欢谁了，谁又暗恋谁了。对于一群不算老的男人，回忆青春时刻总是显得有些滑稽，但又那么令人感伤。

慢慢地，过去就不回忆了，因为回忆总是会自动过滤那些不好的，而把好的留下来。其实那些记得的，并不是那么真实。就像分手多年的情侣，当你回忆起曾经在一起的时光，大多的想念都是曾经一起欢愉的时候。那些争吵和矛盾其实都已经变得无关紧要，满脑子只剩下那个人的好。

再后来就扯到了现在的日子，谁结婚了，谁生娃了，谁离婚了，谁劈腿了。突然变得特别接地气，好像从八十年代直接拽回现在，那种穿越感也是挺有意思的。

不知道谁说了一句：“你觉得，咱们现在还有爱情吗？”

饭桌上沉默了几十秒，大象突然都哈哈大笑。许多人说都他妈多大了，还要那个干吗啊，这么多年不也都过来了，该成家的成家该离婚的离婚，跟爱情有屁关系？

“我觉得有，爱情永远都在。”说这话的是乔羽，从进饭店就没见他怎么说话，先前那句看来也是他说的。

大家面面相觑，不知道怎么回事，后来还是我开的口：“乔羽，怎么了？心里有事就跟兄弟们说说，没什么过不去的。”

乔羽端起面前的酒杯，一饮而尽：“是啊，没什么过不去的，都过去了。”我们都知道，乔羽结婚了，也有了儿子，至少在我们看来应该是挺幸福的。

乔羽一直在上海打拼，虽然我有时候也去上海出差，跟他见过几次，并没有发现什么异常。我问乔羽，是感情出了问题吗？乔羽摇头。我说你要是心里憋屈你就说，兄弟几个虽然平时大大咧咧的，真要是有事，我们也能帮你出出主意。

乔羽笑了笑说：“出个毛主意啊，前尘往事了都。可既然你们想知道，那我就说说，没什么惊心动魄的故事，也没有什么催人泪下的情节，一段回忆罢了。”

2.

我是多年前出差的时候认识她的，她叫李歌。那会儿出差坐的还是火车呢，从上海到大连。上车的时候我身边没人，走了大概两站，上来一个姑娘。我对面的几个男生都抬头看，我也跟着抬头，这一看，坏了。

漂亮，特漂亮，一米七几的个头，配上高跟鞋，穿了一件米色的外套，化着精致的妆。整个的气质，完全不同于周边的环境。怎么说呢，就像是你把一块玉石，放在一堆石子里的那种感觉，虽然这完全没有贬低别人的意思，但当时我就是那么想的。

姑娘美丽，我一介屌丝，看了两眼继续睡了。有时候我发现有自知之明特别好，你知道什么是你的，什么永远不可能是你的，所以姑娘再美好，跟我没关系。

睡了一觉后，前面铁轨出了事故，有拉煤车倒了，几吨的煤都堆在了铁轨上。没招儿了，只能停车，陆陆续续地有乘客下车透透气，我也就跟着下去了。在下面点了一根烟，牌子是中南海，一回头看见这姑娘正好盯着我，指着我手里的烟比画着。

我也没听懂啊，招呼她下来，能有机会跟美女聊天，不可能错过。她下来后直接走过来说：

“你能给我一根烟吗？车上没有卖中南海的。”

“当然，半盒都给你吧，我车上还有。”

“谢谢你，忍了一路了，看见你抽，我就实在不能忍了，见笑。”

“这有什么，很正常，烟瘾犯了，自然难受。”

要知道，我是一个很讨厌女人抽烟的人，觉得一个姑娘抽烟，要么风尘要么装逼。后来我才知道我为什么讨厌女人抽烟，原来我见过的抽烟的女人，都太丑了。

而李歌抽烟的神态和姿势，说是一种享受，一点儿不为过，像极了王家卫电影里的张曼玉，妖娆，又让人不可碰触。当时有一阵儿邪念，这姑娘要是我女朋友，死而无憾了。

你知道，有些事不能瞎想，真到那天，反而是折磨了。

因为有了这一段对话，我俩也算是熟识了，铁路前面也清理好了，我俩一起上车，落座后一直聊着天。对面的几个哥们儿眼睛都圆了，他们肯定费解为什么一会儿工夫，我就能跟美女搭上话。由此看来，出门在外兜里有盒烟，还是很有必要的。

姑娘也是去大连的，参加演出，芭蕾演出。当时我就懂了，难怪气质不一样。她说她叫李歌，小名七七，因为出生的时候正好七斤七两，还赶上七月份，家里人觉得怪巧的，小名就叫了七七。我说："那以后就叫你七姑娘好了。"她莞尔一笑。

当时正好兜里带着名片，就给了她一张，说以后回上海有机会一起吃个饭。她倒也不扭捏，名片撕了一半，写了她的电话给我。就这样，我怀着图谋不轨的心，跟人家聊了一路，到了大连分的手，手里拿着她给我写的电话，还恍惚觉得有点儿不真实。

3.

出差结束时，因为上海总部那边有急事，公司让坐飞机回来，我倒是无所谓，反正公司出钱。有些事吧，你觉得理所当然发生的，其实都是冥冥之中注定好的。

我其实挺怕坐飞机的，上了飞机发现是靠窗户的座位，我坐了靠过道的位置——因为不敢看窗外。也没吃东西，蒙上衣服就睡了。估计也就起飞前十多分钟吧，一个人轻轻地拍我，说先生，您坐的是我的位置，麻烦您让一下。

我睡眼惺忪地睁开眼，还没看清是谁呢，突然听见一声尖叫："呀，这不是中南海先生吗？"

靠，敢情这姑娘把我名字忘了，就记着中南海呢，做梦也没想到，在飞机上又碰见她了。她好像见了我特开心，也没说换座的事，直接坐在里面了，拍了我一下说："你是不是跟踪我啊？怎么这都能碰上你？"

我无可奈何："姑娘，别闹了，我可没那闲心，你想多了。"

"逗你玩呢，真没劲，你怎么这次坐飞机不坐火车了？"

"公司有急事，着急赶回去，你呢？"

"我啊，一直是坐飞机来着，上次是演出时间太紧了，飞机又停飞了，没办法只能坐火车了。"

"哟，敢情您这是体恤民众来了，还碰见我了。"

"倒也不是，坐火车挺好玩的，我就小时候坐过，大了就没怎么坐过了。"

"那您以后可得多坐坐，火车能抽烟，飞机可不行。"

"倒也是啊，对了，还你的烟。"

我一看，好家伙，哪儿是一盒啊，她直接给我一条。我说用不着，半盒烟而已，况且我家里也有呢。原来这姑娘抽烟家里不知道，每次都是出来偷着买的，这不回来的时候又偷着买了一条，藏包里。

我问她为什么抽烟啊，年纪轻轻的不学好。她撇撇嘴说：

"当时前男友抽烟，我劝他戒烟，他说戒不了，我说那我跟你一起抽，我能戒你就能。没想到，没等我戒了呢，我俩就分手了，索性就抽着了，现在想想还真挺难戒的。"

最好的爱情

就是你遇见一个人，

无论时间长短，

你恨不得一夜白头。

“靠，你这姑娘也是够可以的，你男朋友抽烟，你就跟着抽烟，那他要是吸毒，你还跟着吸毒呗？”

她眨了眨眼睛说：“嗯，没准，当时不是傻么。”

在那一刻我就觉得，这姑娘真是死心眼，她要是爱上谁，那肯定是谁的劫。

话还真不能说得太准。回上海之后，就是一直忙，对之前这段相遇已经没什么印象了。有天下班挺早的，躺床上看手机呢，收到一条短信，我一看内容就笑了。

“中南海先生，干吗呢，有空陪我吃个饭吗？”

“有，七姑娘请吩咐。”

“浦东新区夏碧路 346 号小雅鱼丽，不见不散。”

“得了，等着哥哥。”

穿上衣服我就直奔楼下，到了饭店后，她已经坐在那里等我了。我记得那天她穿的是一件牛仔外衣，扎了一个马尾，淡淡的妆，看起来特别健康，总之就是一个特别美好的女孩。

那天晚上聊了很多，聊她的大学还有平时演出的事，以及她的那段恋情，看得出来她被伤得挺深，是她男朋友甩的她，劈腿了。不过话说回来，她男朋友是瞎的吗？这样的姑娘都甩，真是不懂珍惜。

吃完之后，我看时间还早，说要不咱唱歌去吧，我这正好有打折券，她连忙说好。歌厅倒也不远，走了一段就到了。说实话，来上海几年了，平时也都形单影只，看惯了别人的恩爱，自己却始终没有合适的，当时看见她在旁边，真有一种恍惚的错觉，觉得自己的爱人就是她了，好想路没尽头，能一直走下去。

我想到这儿的时候，她没来由地挽着我的胳膊，看了我一眼，轻轻地笑了一下。

4.

以前听人家说，恋爱的时候会有过电的感觉，那天晚上我就像电插排上的剃须刀，整个人一直是酥的。爱情真美好，美好得想让人骂脏话。

唱歌的时候，她一直让我唱，我说我不会，跑调。她没办法，只能自己唱，我发现唱歌好听的姑娘，真的是浑身发光，我一直在旁边听，也偷偷地看她。不是没邪念，就是觉得这么美好的姑娘，咱不能那么龌龊，我第一次被自己吓到了，简直太他妈正人君子了。

后来她唱累了，就靠在我的肩膀上睡着了，期间两次服务员过来说时间到了，我都示意别出声，后来我写了一条短信给服务员看：今晚包夜。

我一直觉得自己并不伟大，但那晚不吹牛逼说，绝对是我这辈子最伟大的时刻。我就那么抱着她，盯着屏幕里的歌，待了一夜，碰都没碰她一个手指头。

到现在我都记得，那晚单曲循环的歌——王心凌的《我会好好的》。因为她一整晚都在唱那首歌，而且还偷偷哭了几次。我知道，她仍忘不了前男友，而我又无能为力。

第二天早晨，她醒后抬头看着我，问我说：

“中南海先生，你就这么待了一夜？”

“嗯，七姑娘你既然醒了，麻烦你让一下，胳膊没知觉了。”

抱着她过了一夜，胳膊整整一个小时没知觉，我以为得截肢呢，好在后来好了。她醒后一直靠在我的肩上，也不说话，就是静静地待着。半天她说了一句话，让我现在想起来，心里都是甜的，而且再没有人会这样了。

“中南海先生，既然你是喜欢我的，那么我就做你女朋友吧。”

我愣了半天，她抬头用她的一双大眼睛望着我，我有些恍惚，觉得太不真实了。我说你确定不是宿醉开的玩笑吗？她说你看我像是开玩笑吗?

就这样，我这个普普通通的上班族，被一个女神倒追了。

是的，我们恋爱了。

那时候我们走遍了上海的每一个角落，喝遍了所有的咖啡厅，看遍了所有的电影院。因为相爱，就想一起感受生活的角角落落，因为我爱她，就想时时刻刻跟她在一起。

她会来我租的房子里给我打扫卫生，也会给我做饭，因为上海经常下雨，没事的时候我俩就窝在家里打游戏。有时候我觉得，我这辈子最美好的日子，就是她带给我的。可能以后都不会有了，因为后来我发现，我们的的确确是两个世界的人。

经过了一段肆无忌惮的热恋，我发现我钱包里的积蓄已经所剩无几。而我又是一个大男子主义的人，只要出去玩，肯定都是我付账，所以日子很快捉襟见肘。

有时候我也会去她练舞的地方接她，我有几次看见她出来的时候，特地换上别的衣服。起初我不以为然，后来我偶然看见几次她背的包还有衣服，都是我没见过的牌子，我去网上一查才知道，一个包的价钱是我半年的工资。

当时一瞬间就觉得被打败了，不知道是被谁打败的，也许是生活，也许是这个社会。她和我在一起从来没要求过任何东西，起初我以为她懂事，那时才明白，她不会问我要，因为她想要的，都可以自己买。我问过她，家里是做什么的，她就说做点儿小生意。

后来我还是问她朋友才知道，她父亲是做出口贸易的，几千吨的货轮，每年利润以亿计算。那时候我才知道，我和她差的不是一米两米，而是几丈几百丈。

她不知道我知道这些，仍然每天陪着我吃小餐馆，去各种小商店，买廉价的饰品。有很多次她觉得这东西贵，我都赌气似的非要买下来，她不理解我为什么会生气，而我也不理解她为什么要伪装自己。

时间久了，她察觉到我的变化，问我怎么了，我说没什么。其实那时候我就知道，我和她根本就不是一路人。后来有一天，我实在忍不住问她，为什么骗我？

她开始一言不发，最后说了一句话就走了："我以为爱你，与其他无关。"

5.

原来她一直小心翼翼维护着我的自尊，她会因为我给她买了一个娃娃而欢呼雀跃，也会因为一个廉价的项链开心许久。后来我想了很多，其实她是卸下她的一切，在维护我这个傻小子的世界，一个脆弱的虚

因为我特别爱你，所以分离的时候，

才能狠心地不留余地。

伪的世界。

我想她，特别想她，但我忍住没找她。有一天夜里，下着雨，她给我打电话。她在电话里说：

“中南海先生，我想你，我想见你，你别不要我。”

那天下的雨很大，我下楼的时候才发现，她就站在楼下，被雨淋得像个没人要的小孩。她太让我心疼了，同时也觉得自己好像是一个十恶不赦的浑蛋，如此伤害她。

跟我回家后，她坐在沙发上说：

“我知道，你为什么不想见我，你觉得你比我差，你觉得你配不上我。”

“对，我就是这么想的，我给不了你想要的，而你的，我也不想要。”

“你怎么知道我要什么？你怎么知道我会给你什么？”

我哑口无言。

“我不在乎你有什么，我就在乎你心里有我。是，我的生活的确什么都不缺，但我是女孩，我究竟想要什么，我自己心里清楚，如果你担心的是我家庭有阻力，那我可以明确告诉你，他们管不了我。”

“我们分手吧，不适合，就是不适合。”

因为我铁了心分手，任凭她如何哭闹，我都不为所动。其实心里早就疼得不行，我到现在也不知道那时候究竟是什么心理让我如此狠心。好像并不仅仅是因为那可怜的自尊，男人的面子，我倒觉得更像是对自己置气，觉得自己一无是处。

那段日子，我过得浑浑噩噩，她过得心力憔悴。我为了尽快让她死心，开始约各种姑娘见面，吃饭，上床，然后再重新换人。我做这些事，都尽可能让她知道。再有爱再舍不得的人，也经不起这么伤，终于她无法忍受了，跟我提出分手。

理论上，我应该是轻松的，但那种感觉特别无力，就像自己亲手毁了一件宝贝。

分开后，就再也没联系她了。三个月后，她舞蹈团的朋友找到我说，她要出国了，去德国深造，可能五年，可能七年，也或许就不回来了。

你知道那种亲手把自己爱的人往出推的感觉吗？我知道，无能为力，又必须这样做。以她的家庭条件，一定会找到一个比我更好的人。以她的社交圈子，她姐妹的男朋友，层次肯定比我高。退一万步讲，就算我们因为爱情在一起，她最后心里还是会有落差的。

与其那时候她难过，不如现在狠心一点儿，让她彻底恨我，自己能重新开始。或许在火车上的时候我就应该睡着，不该下车，不该给她烟，可生活没有那么多或许。

我记得她走的那天是八月份，上海正热的时候我在公司上班，电话响了，我一看是她的号，本能地挂断。又响，又挂断。反复了几次，我没办法，只能接起来。

“宝宝，我就要走了，可能就不回来了，你能来让我再看你一眼吗？”

那一瞬间，我所有的防御所有的自尊所有的狗屁理论，全都不见了。我只想见她，只想见我的七姑娘。我打车直奔机场，那天特别热，我在车里想的是一定要留下她，我知道我爱她，我必须为自己自私地伤害她请求原谅。

可到了机场，飞机已经起飞了，生活永远都不会像电视剧一样顺利和圆满，路上堵车，差了三十分钟。我一个人站在机场的大厅，哭得像个傻逼，那时候我才知道，我弄丢了我的爱情，我亲手毁了我的爱情。

在我正打算走的时候，她的短信来了。

6.

“中南海先生，我亲爱的宝宝，知道我有多喜欢这样叫你吗？可是，这可能是我最后一次这样叫你。你答应我，永远别让第二个女人知道这个称呼，我想在你那里保存我最后的记忆。

“我知道你为什么爱上我，也知道你为什么离开我，我不再想和你去争辩对与错，我只想告诉你，我是如此爱你，以至于我不知道以后还能否像爱你这般，爱上别人。

“中南海先生，你太残忍，你允许我们相爱，你又独断专行地放弃我。我不知道是不是你们所有的男人都这么自私，只要自己认为是对的，就执意去做，根本不考虑别人的感受？

“可是宝宝，我又无法怪你，因为我舍不得，如果你会因为我的离开而轻松些，我愿意为你做这件事，毕竟到现在为止，我仍然爱着你。

“愿你一切都好，愿你会有爱你的姑娘，但是中南海先生，答应我，别忘了我，永远都别。”

李歌走了，我的七姑娘走了，那天以后，我再也没见过她，已经整整五年了。

……

说完后，乔羽脸上带着泪，其他几个人包括我，也都红着眼眶不说话。乔羽默默拿起酒杯说：

“你们说，我跟七姑娘这算爱情吗？算了不说了，哥几个，陪我走一个吧。”

喝完那杯酒后，我们就散了，因为突然好像老了好几岁，好像想通了很多事。乔羽和我顺路，在回去的路上我问他，如果李歌等到你，你还会离开她吗？乔羽看了看我说：

“兄弟，生活没有如果，假如有，我一定不会放开她。”

虽然现在乔羽已经结婚，有了爱他的妻子，可爱的儿子，平时一家三口也特别和睦，看得出来他很满足现在的生活，同时他也很爱他的妻子，每天都会打一个电话，每天都会按时回家。但他的内心深处，一定还有李歌的位置，谁也拿不走，他也丢不掉。

就像他现在也已经戒烟了。曾经问过他为什么戒，他只是说抽多了伤心。当时也没在意，都当笑话听过去了，如今才明白，他是真的伤心了。

走到路口的时候，他说你别送了，我自己走会儿。

我知道，他一定想念李歌了，想念曾经年少的自己和那个美好的姑娘，以及那个令人遗憾的八月。乔羽说得对，生活没有如果，假如有，一定不是真的。

东北夜晚的天空飘着细碎的雪花，乔羽朝家的方向走，我与他背道而行。我突然想起一件事，在这个四下无人的夜晚，空旷寒冷的街道，我喊了一声：“乔羽！”

他回头，问我什么事，我说：“你和七姑娘，算爱情，那就是爱情！”

乔羽笑了笑，转身走进了雪夜。

很久之前我就知道，我无法继续爱你，

不是我不想，而是你不让了。

12

路过南犀

我从来不后悔爱上你，也从来不后悔让你离开。在这一段胜负已定的爱情里，一开始我就是一个输家，我挣扎着，努力着，不断增加筹码，直到满盘皆输。但也谢谢你，还留了一个完整的我，去感受，去生活，去变成更好的自己。

1.

昏暗的灯光，破旧的小店，屋里喧哗的人群，滚落一地的啤酒瓶。我穿过七倒八斜的桌子椅子，终于在角落里找到了南犀，他喝得烂醉如泥，却还记得跟我打招呼。

“你这傻逼干什么啊？大半夜的不回家。”

“回家？哪是家啊？没有了，没了。”

“别闹，我给陆璐打电话，让她过来接你。”

“别打，我俩离了。”

“我……操，什么时候的事啊？”

“昨天。”

南犀，标准的五好暖男，大学毕业直接留校任职，家庭关系和睦，收入稳定。陆璐是他的同班同学，怎么说呢，标准的玩得开的姑娘，上学那会儿就是烟不离手，当然，这不影响我们南犀对她的好感。我们就是觉得陆璐这种姑娘，根本就不适合南犀，南犀也罩不住。

他俩的情定始于一个非常不靠谱的晚上。陆璐晚上出去泡吧，当时是学校学生会主席的南犀正好那天查寝，在女寝门外把陆璐堵了个正着。后半夜一点多，南犀愣是在门口一直坐着，倒也不是为别的，就是负责。

陆璐满身酒气地回来，南犀死活不让她进门，非要拉着她到教导处处理。陆璐没办法，美人计，一哭二闹的，勾着南犀的脖子就是一顿亲，南犀顿时傻了，虽说大学谈个恋爱没什么，但对于南犀来说，这是初吻。

就这样，陆璐用了一个最简单直接的办法，回寝睡觉了，南犀红着脸像做贼一样也回去了。

从此南犀处处关心陆璐的生活起居，早饭吃没吃，午饭吃没吃，晚饭吃没吃，俨然一个准男朋友的架势。陆璐倒也无所谓，欣然接受，但就是不确定恋爱关系。

南犀也不急，就像是胸有成竹鸭子进锅飞不走的样子。毕业了，陆璐想去福建，南犀跟着去了，陆璐想去上海了，南犀也跟着去了。其间陆璐谈了一个又一个男朋友，南犀就跟瞎了一样，还是一如既往地对她好。我们都说南犀你这是犯贱，但他不反驳也不解释。

后来估计是陆璐混了这么多年明白了，那些海誓山盟的人都不靠谱，回头一看，当初最不称心如意的，反而留到了最后。就这样，也不知道是良心发现还是回心转意，俩人就这么成了。南犀追了陆璐四五年，好歹也算是修成正果了。谁也没想到，这刚刚结婚第二年，俩人就离婚了。

我问南犀："到底怎么回事？好好的怎么就离婚了？"

"好好的？什么叫好好的？你见我俩好过吗？我以为，我他妈用心良苦护着你，对你好，就算是一块冰我也能给你焐热了，焐热还不算，我还能给你烧开了。人心都是肉长的，我就不信我南犀拽不回你陆璐的心。"

"可结果呢？"

"她爱上别人了。"

"我靠……"

2.

原来陆璐自从跟南犀结婚以后，也算是安稳了一段日子。每天俩人朝九晚五地上班，下班一起买菜做饭，日子倒也过得有滋有味。要不怎么说吃鱼的猫馋呢，时间长了陆璐就忍不了了，约姐们儿去酒吧，去唱歌，留南犀自己一个人在家。

起初南犀也跟着一起去，但他终究不是那样的人，去了几次就受不了了。没了南犀的看管，陆璐更是变本加厉，从原来的晚归，到不归。这些南犀都忍了，为了这个好不容易得来的家。

十月一日陆璐想去旅游，南犀觉得是好事，毕竟忙了一年也该出去放松放松了。订了去大理的机票，然后转道再去丽江。可临到登机那天，南犀公司有急事，非要他回去处理，没办法，机票退了，陆璐自己去了。

南犀在家收拾卫生，打扫房间，洗洗衣物，十一长假很快就过去了。可却始终不见陆璐回来，打电话关机，短信也不回。南犀急坏了，就差报警说人失踪了。

几天后，陆璐回来了，带着离婚协议书。

南犀起初不签字，他想不明白，好好的出去散散心，怎么真就把心散了。陆璐告诉南犀，自己已经跟他没感情了，也没激情了。日子过得像白开水一样无趣，这不是她想要的生活，她想要改变，出去后才明白，外面才有自己想要的。

南犀后知后觉，问陆璐："你是不是爱上别人了？"陆璐没说话，转过身点了根烟。

全明白了，南犀提笔签字，靠在沙发上，像是被人抽走了灵魂。

陆璐独自去大理的路上，在飞机上认识了一个男人，俩人越聊越投机，落地后结伴而行，七天假期抵过南犀几年的陪伴。

事已至此，皆大欢喜，唯独南犀，满盘皆输。

看着眼前醉倒的南犀，连安慰的话都不知道从何说起。一屋子人的推杯换盏，映衬着南犀巨大的失落。我不知道换作是我应该如何，但南犀确实是伤了心了。

南犀说："我就是他妈天底下最大的傻逼，当初所有人都劝我，我听不进去，觉得持之以恒的相处总能换来真心，我简直太天真。

"可是你说，我爱她这事有错吗？我爱她，就应该这么卑微吗？"

"南犀，你喝醉了，走吧，我送你回家。"

送南犀回家后，陪他又在家里喝了一会儿。家里什么东西都有，除了陆璐的。陆璐走的时候说了，是我对不起你在先，财产我一分不要，我的衣服我带走，祝你幸福。

说得可真轻松，她忘了自己当初胃疼得要死，大半夜的打不着车，是谁一路小跑送她到医院的。有时候人的良心确实没办法衡量，可转念一想，这事陆璐有错，可她爱上别人这事没错。充其量也就是受到道德的谴责，好歹好聚好散，清清白白说开了。

南犀度过了一个漫长的疗伤期，用了一年的时间，才走出来。

3.

当所有人都以为南犀离开陆璐是一件非常好的事情时，南犀做了一件让谁也想不到的事。他把工作辞了，房子卖了，股票全部套现，

听风看雨闻花香，你会觉得这就是爱情，

其实只是恰巧路过。

他说心里难受想出去走走。

就这样，南犀一走就是一年，每天从他的朋友圈里才知道他在哪儿。从一开始愁眉不展，到最后开怀笑容，一个比一个美的景色，南犀也越来越好，在最后一条朋友圈他是这样写的：

“我从来不后悔爱上你，也从来不后悔让你离开。在这一段胜负已定的爱情里，一开始我就是一个输家，我挣扎着，努力着，不断增加筹码，直到满盘皆输。但也谢谢你，还留了一个完整的我，去感受，去生活，去变成更好的自己。”

这虽然看起来极其鸡汤，但我知道对于南犀来说，能说出这段话来才是真的走出来了。

南犀回来的那天，我们给他接风，从下午五点聊到了夜里一点，聊他路上的见闻，聊这一年身边发生的事。那天桌上的哥们儿都佩服南犀的魄力，南犀倒觉得没什么，只是淡淡地说了一句：“既然是过去的，就应该撇得一干二净，留着迟早是个祸害。”

自从南犀回来后，我们都发现他像变了个人一样，自信，阳光，做事也雷厉风行，一点儿都不拖泥带水了。谁都不知道他这一路上究竟是怎样的心路历程。

南犀说回来想做点儿事，不打算再上班了，凑了积蓄，哥几个又各自拿了点儿，刚好二十万。但对于他说的想做点儿事，谁都不知道是什么事。大概两个多月后，南犀给我们打电话，给了一个地址，我们到了才知道，这小子开了个饭店，准确地说应该叫饭庄。

原本他就会做饭，这次出去正好碰见一户人家，说祖上是给王公大臣做饭的。他埋头在人家里干了一个月的活，人家看他心眼儿实诚，便倾囊相授了。

落座后，几盘菜端上来，都是平日里没见过的菜式，大家尝了之后都赞不绝口，他这手艺算是学到手了。我们这几个凑过钱的，都嚷嚷着要当股东，南犀纯干活，我们纯赚钱。

果不其然，小半个月后，饭庄的生意越来越好，人手不够了，我们又脱不开身，没办法，我们都帮着联系人，看看有没有靠谱的人，能过去帮忙。

南犀也在饭店门上贴了招人信息，几天过去了都没什么动静，不是来的人不合适，就是没人来。在贴出信息的一个星期后，来了一个姑娘，梳着一个马尾辫，穿着白衬衫牛仔裤就跳进来了。用南犀的话说，真的是跳进来的，走路都带风。

姑娘倒也直接，先是问了工资，上班的时间，然后简单明了，自己干到明年四月份，至于原因南犀也没问，人家私事没必要多问。好歹有个帮手，到时候再想办法呗。

就这样，这个叫杨小白的姑娘留了下来，并且干得相当不错，手脚麻利，吃苦耐劳。就是饭量不小，按照小白自己的说法，是南犀老板的手艺太好，自己才吃得多的。

因为我经常去，小白偷偷问过我几次，南老板条件这么好，怎么还单身啊？

4.

我跟杨小白说："第一，南犀条件好不好和你没关系，你们只是雇佣关系。第二，南犀大你六岁，于情于理都不合适。第三，他不可能喜欢你。”

杨小白翻了我一个白眼说:“本姑娘信的东西挺多,但偏偏不信邪。”

后来事情的发展，也证明了我是瞎操心，完全狗拿耗子多管闲事。南犀对杨小白照顾有加，处处关心，而杨小白又时不时地讨南犀开心。我提醒过南犀，这种年龄的姑娘，最不稳定，你自己想好，南犀只是嘿嘿笑了两声，转身走了。

等我再去南犀的饭庄时，杨小白已经俨然一副老板娘的架势了，擦桌子、上菜的活儿变成了南犀的，真不知道当初招这个姑奶奶来是干吗的。南犀倒是一点儿不觉得，自顾自地干得还挺开心。我偷着问南犀：“你他妈有病啊，雇个人，开着钱，养着啊？”

“你管得着么，我觉得小白这姑娘心眼儿好，对我也实在，我愿意试试看。”

“试你大爷啊，她大学还没毕业，你又不是大款，想什么呢？忘了上次你试的结果了吗？”

“没事，有些事不试试不知道。”

“得，你试吧，别最后又把自己弄得一败涂地。”

“要是那样，我就认命了。”

南犀就是这样，永远狗改不了吃屎，谁对他有一点儿施舍和好处，就觉得这个人好得没边了，恨不得全身心都投入进去，当初对陆璐就是这样。

好歹当初他算是主动的，如今来了一个主动对他的，更是受不了了。感情这事，外人不能跟着掺和，看他单着又替他着急，反正是福是祸，看造化吧。

后来好长一段日子，俩人都是眉目传情、欲言又止的样子。杨小白叫南犀大叔，虽然在我们同龄人眼里，南犀算是比较年轻的了，但跟杨小白比，的确是老了一些。

有一次南犀病了,听说病得很严重,我们几个打电话说要过去看看，都被南犀挡了下来，说没事，你们忙你们的。后来才知道，这期间一直是杨小白照顾的，从早到晚尽心尽力地照顾，做饭，洗衣服，把南犀照顾得非常好，好像还胖了许多。从这时候起，我们才觉得，杨小白确实不是我们平日里认识的姑娘，她的确有一种韧劲儿，也可以说是不信邪吧。

自从南犀康复之后，我们所有人对杨小白的认知和态度有了一百八十度的大转弯，觉得杨小白就是上天派来拯救南犀的天使，虽然来得有点儿晚。

虽然杨小白对南犀好,南犀也对杨小白好,但总好像差了点儿什么。原来他俩压根就没在一起，准确地说，就连恋爱关系都没确定，这简直匪夷所思。

我问南犀：“大哥，你玩什么呢？柏拉图还是体验生活啊？”

“杨小白是个好姑娘。”

“我知道是好姑娘。”

“既然是好姑娘，我就不能让她变坏。”

“这我就不懂了，怎么个变坏法？”

“我是一个离过婚的人，又大她那么多，她会有一个漫长而美好的人生，但不能跟我。”

"你自己说要试试的啊。"

"就是试了，才发现不能坑人家啊。"

"什么狗屁逻辑。"

"说什么都没用的，小白马上就要走了……"

5.

杨小白过来应聘的时候就说过，干到明年四月份就走。转眼大半年过去了，已经三月份了，她申请到瑞士留学，签证提前下来了，等不到四月了。

其实南犀早就知道这事，杨小白也知道，俩人就是不说，当没事人似的，还他妈有心情谈情说爱，这不是脑子有病吗？可爱情来了，谁又能挡得住？

三月的气温很好，适合情侣约会，但也适合分别。某天晚上，南犀给我打电话说下班过来一趟，明天小白就走了，我说好的，一定到。

到了饭庄看见门口写了一个牌子："老板娘今日远行，暂不营业。"鼻子一酸推门进去了。屋里果然空空荡荡的，大堂中间摆好了桌子，已经有几个人到了，但却不见南犀跟小白。不一会儿工夫，小白端着菜从后厨出来了。

"红焖肘子一个，各位客官请慢用。"

"真行啊，第一次看见你上菜啊，不容易。"

"你没看见的多了，等着，还有硬菜呢。"

我从杨小白的脸上看不出一丝愁容，似乎还像平常的聚会一样，开着玩笑，空气里弥漫着懒散的味道，我有点儿猜不透这姑娘了。

菜都上得差不多了，我们叫南犀别忙活了，赶快出来吃饭，南犀在里面喊着还有最后一道菜。杨小白说去端菜，俩人在后面待了估计得有十分钟的时间，出来后俩人的眼眶都红了，所有人都装作没看见的样子，假装吃菜。

最后一道菜从来没见过，是个冷盘，盘底汤是黄瓜汁，中间是用胡萝卜雕的一叶扁舟。我问南犀，这菜叫什么?

南犀看着杨小白说道：“一路平安。”杨小白绷着的情绪一下子就完了，眼泪哗哗往下掉，看着南犀就那么哭。桌上的人也不知道咋办了，此时说什么都不对，不说也不对。

南犀端起酒杯，对杨小白说：“来，干一杯，不枉相识一场。”

杨小白站起来端起酒杯就干了，没等南犀说话，自己又倒了一杯，也干了。南犀看事儿不对，赶紧拦着，可这姑娘倔劲上来了，死活不行。

“南犀，你今天要是不让我喝痛快了，我明天就不走了。”

“好，喝吧，我陪你喝，大家陪你喝。”

就这样，一桌子的人，叮叮当当地碰杯喝酒，喝到五六杯的时候，全都晕了。菜没吃几口，上来就干了几杯白的，换了谁都得晕。

既然都高了，也就不绷着了，大家你一言我一语地都开始数落起南犀来。

“南犀，你说你他妈的多倔啊？杨小白这么好的姑娘，你愣是不要，你装什么大尾巴狼啊？还惦记那个水性杨花的陆璐呢？”

说这话的是孙明，跟南犀一起工作一起跳槽好多年的兄弟，倒也不怕南犀生气。反正一屋子的人都在数落南犀不知道珍惜人家姑娘，

自己犯倔，这么长时间都不给人家一个交代。好歹认识这么长时间了，连一句挽留的话都没有，对不起人家小白的照顾。

这工夫谁都没注意小白在干吗，小白用头抵着桌子，从侧面看眼泪跟小珠子似的，直接砸在地上，突然抬头站起来，红着脸盯着我们。

“我知道你们为我好，南犀不是不留，是他知道，留也留不下。我六岁父母离婚，我跟着母亲生活，十七岁那年，母亲出车祸走了。我一直在我二姑家生活，虽说二姑对我不错，但终究不是自己的亲妈。这么多年来，我拼命地学习，拼命地练舞，就是为了有朝一日能独立养活自己。

“今年大四毕业，正好学校有去德国留学的机会，我拼尽了所有的努力，赢得了这次机会。我就是想着等签证的这段日子，找个工作随便干着，日子到了我就走。可没想到遇见南犀，也没想到，我会爱上他。

“南犀知道，我不可能放弃这次机会，也不可能留下来。虽然我爱他，我只能为自己努力，因为我身后没有可以依靠的人。

“这可能是我说过的最自私的话，也可能是我以后会后悔的决定，但在此时此刻，我无法欺骗自己，无法欺骗南犀。”说完这些话，南犀拉着杨小白坐下，微微笑了一下说：

“来吧，我们共同举杯，祝杨小白一路平安。”

6.

杨小白走了，我们都没去送，这个时间和机会应该留给南犀和小白。回来后的南犀一如既往地忙碌，炒菜，招呼客人，擦桌子，闲了会抽根烟，而他此前从不抽烟。

其他几个哥们儿，包括我，因为平日里工作太忙，很少有时间能一起去南犀的饭庄聚聚。后来还是南犀给我们打电话说，别太忙了，应该找时间来我这里聚聚了，这才想起来，已经很久没过去了。

吃饭的时候，我低头问南犀，小白走的那天，你们从后面出来，眼睛都红了，怎么了？南犀说你真八卦，我说我就是好奇。南犀笑了笑，说也没什么事。

“就是小白问我能不能等她回来。”

“那你怎么说的？”

“我说不能。”

“靠，为什么啊，那么好的姑娘。”

“我说过，她会有更好的生活，而不是回来这里，这念想我不能给。”

原来小白那天之所以那么说，是因为南犀在后面根本就没有挽留。小白说得那么强硬就是想给自己找回那么一点儿自尊，以为南犀会有回应，可南犀自始至终都没说一句话。

杨小白彻底从南犀生活里消失了，杳无音讯。

还有一件重要的事，就是陆璐又回来找南犀了。南犀因为搬离了原来的住所，陆璐是通过我知道南犀地址的。原来陆璐和那个男人度过了一段神仙眷侣般的日子后发现，这个男人根本就是徒有其表，生活上腐朽不堪，抽烟喝酒赌博样样都会，而且经常夜里不回家，变成她苦苦守候了。

思前想后，陆璐觉得南犀才是那个对自己最好的人，事事都替自己着想，处处体谅自己，越想越好，便跟那个男人分手，回来找南犀了。

南犀对陆璐态度很明确，回来就好，生活上有什么困难可以跟我说，我会尽最大努力帮你。但复婚不可能，有些人错过了，就是错过了，当朋友是最好的结局。

陆璐前后求了南犀几个月，仍旧没让南犀改变主意，最后离开了这座城市。起初我们都以为，南犀会顾念旧情，和陆璐在一起，但后来才发现，南犀已经不是曾经那个可以被陆璐随意伤害的人了，他从那段失败的感情里找到了什么叫自我，什么叫放下。

七月的一天，在公司上班的我收到了一个包裹，邮寄地址显示是瑞士。我知道一定是杨小白寄来的，但她又是怎么知道我的地址的？我不得而知。打开包裹后，里面是一个木盒子和一封信，信的内容很简单："见信好，我是小白，一切都好，烦请将这个木盒交给南犀，祝工作顺利，身体健康。"

果然是个奇怪的姑娘。因为好奇，我打开那个木盒，发现里面装的是一个U盘。在好奇心的驱使下，我打开了U盘，里面什么都没有，只有一个音频文件，而且只有1.5MB。

最后，我还是忍住了，没点开那个文件，我相信这是属于南犀和杨小白的秘密。晚上我把U盘和信一起交给南犀的时候，南犀很惊讶，他似乎没想到小白会给他寄东西。

跟着南犀进屋后，他把U盘插进电脑，戴上耳机开始听那段音频。南犀的脸上先是惊讶，然后是悲伤，最后是泪流满面。当时我只想把时间留给南犀，转身要走，南犀叫住了我。

"你知道里面的内容吗？"

"人格担保，我没点。"

"听听吧，然后我跟你说。"

原来那段音频，是当时南犀送杨小白上飞机前的一段对话，被杨小白用手机偷着录了下来。音频最后的内容是小白的声音，她说原谅她私自录下这段对话，因为她想以后在想南犀的时候能听见南犀的声音。这段录音从她寄出来的时候，就已经删了，因为她已经有了男朋友，开始了新的生活，希望南犀过得好，希望曾经爱的人过得好。

我也理解了，为什么南犀听到后最会泪流满面。因为两个相爱的人，在开始的时候就知道无法在一起，那是一种怎样的心疼啊。

南犀和杨小白的那段对话是这样的：

“你为什么到现在都不说一个留字？”

“小白，我说什么都可以，就是不会说留，你应该有更好的生活。”

“可我觉得跟你在一起，就是最好的生活。”

“生活不是你想的那么简单，爱情的激情会随着时间变淡，你想好到时候用什么维持了吗？”

“可我只知道，我爱你就足够了，就算赌我也愿意。”

“我赌不起，也不想赌。”

“南犀，你会后悔吗？”

“不会，因为我知道我的决定会让你幸福，所以不会。”

“那你算什么？这段日子又算什么？”

“如果非要说算什么，就算是一段记忆好了。就像你去一个地方，总会路过一些美好的风景，如果你愿意的话，就把我当作你记忆里驻足过的一个风景好了。你要是想回来看看，就随时回来，风景不会跑，它永远在。”

“谁都留不下，你怎么办？”

“那就当所有人的风景吧，路过我就好。”

……

“……南犀，你不抱抱我吗？”

永远有人孤单，永远有人爱着，我们都是树苗，又都是栽树的人。

13

栽树的人

我其实就是一个栽树的人，韩松就是那棵小树苗，我悉心栽培，教他如何爱一个人，如何对一个人好，如何真诚对待爱情。就在他刚刚成熟的那一瞬间，它被人拔走了，连根拔起。

1.

本来我是不会出现在那个歌厅的，但抵不过朋友的劝说，还是去了。

那天是一个朋友的生日，吃完饭后意犹未尽，又琢磨去歌厅开二场。我因为第二天有很重要的会议，本打算提前回去，又被强拉硬扯地拽过去了，美其名曰，大好青年不要把生命浪费在工作上，应该懂得享受生活。

进了包房也都是他们在唱，屋子乌烟瘴气，音乐震得我脑袋疼，刷了会儿手机没什么意思，打算出去抽根烟透透风。

一出门就看见一姑娘蹲在地上哭，哭得撕心裂肺。本来对于这种场合遇见的姑娘，我向来是敬而远之的，毕竟你不知道来路，更谈不上萍水相逢。

打算转身走了，这时候身后传来一句话："你能扶我起来吗？我腿蹲麻了。"

得，人家开口了，咱不能当什么都没听见吧。我伸手过去扶她，正好这时候包房里朋友出来了，看着我邪魅地一笑说：

"哟，朋友啊？别跟这儿待着啊，进屋里，来来来屋里坐。"

没等我解释，就把这姑娘跟我拽屋里了。有时候真觉得，过度的热情挺招人烦的，有些人就是这样，从来不问你愿不愿意，只在乎自己的心情。

进屋之后，姑娘找了个角落坐下来，屋里的朋友让我介绍介绍。我上哪儿介绍去啊，前后都不到两分钟，我连人家姓什么都不知道。

这时候姑娘说话了："我是他同学，也是过来玩的，碰巧遇见了，各位继续玩。"眉眼带笑，不卑不亢，前一秒还哭得梨花带雨，这工夫竟然能坦然自若地说自己是我朋友，我也只能尴尬地笑笑，没再说话。

这几个小子倒是无事献殷勤，都凑过来跟这姑娘碰杯，她也来者不拒，没几轮下来，便都趴下了，根本就不是人家的对手。我倒是对这个姑娘有些好奇了。

她转过头跟我说："你这几个朋友挺逗，你怎么这么无趣呢？也不跟我喝酒。"

我尴尬地笑笑："明天还得上班，所以不能喝酒啊。对了，你叫什么名字？"

"那菲菲，你呢？"

"你就叫我久才好了。"

"哦，久才，韭菜？哈哈，那以后我就叫你韭菜好了。"

"好吧，随你便，不过刚刚你是怎么了？这么晚不回家，自己一个人？"

"说来话长，不过现在确实有点儿困了，你能送我回家吗？我家就在后面不远。"

说实话，一个认识没超过一个小时的姑娘，主动提出让我送她回家，难免心里小鹿乱撞。但社会险恶，我又脑补了超多场景，比如半路跳出几个人要劫财，或者送她到家来个仙人跳。这种新闻太多了，不能不想。

正在我考虑的时候，她不由分说拽着我就走，还没来得及跟朋友打招呼，就被她拽出包房了，想想也是第一次被一个姑娘这么主动过。

街上没什么人，她在右边漫不经心地走着，有一句没一句地闲聊。原来今天晚上她之所以一个人在走廊里哭，是因为她男朋友今天过生日，她想给他一个惊喜，没想到在另一个包房看见自己的他正抱着一个姑娘放声歌唱。

准确地说，她被甩了。

2.

她倒也没废什么话，推开门冲进去，拿起桌上的酒杯朝着对方泼过去，然后转身出门。越想越委屈，越想越难过，没等走出歌厅呢，就蹲在地上痛哭起来。

正好那工夫我出来，她已经哭了半天，觉得我长得面善，就想让我拽她一把。二十多年，第一次被人说面善，我是长得多么人畜无害啊？

到她家楼下的时候，我还想着她能不能谢谢我，邀我上楼喝点儿什么，一般电影电视剧不都这么演么。她倒是爽快，没什么废话。

“我到了，谢谢你啦，没什么事你回去吧。”

“姑娘，大晚上的我义务送你回家，就这么打发我走了？”

“不然呢？我难道要邀请你去我家坐坐？”

“也不是不可以。”我不要脸地说道。

“成，只要你能跟我爸妈解释清楚你跟我什么关系就好。”

靠，敢情跟父母一起住呢，得了，咱也别废话了，回家洗洗睡了。

我刚要转身走，她在后面说道：

“看你人不坏，留个电话吧，有时间出来坐坐。”

你怎么知道我不坏？前一秒我还想上你家坐坐呢，别没事把别人想得太好，这世道没你想的太平。虽然我嘴上没说，但心里还是觉得，这姑娘没什么心眼儿。

互留了电话，我打车回家了。到家洗完澡准备睡觉的时候，手机响了，我一看微信上有一个好友申请，上面写着：“韭菜，韭菜，是我，我是鸡蛋。”

不用想，一准儿是她，果不其然就是那菲菲。通过验证之后我问她，你怎么知道我微信的？

“手机绑定了，大哥，你不是不知道吧？”

“还真不知道，这么晚了你还不睡，你爸妈也不管你？”

“哈哈，我爸妈在老家呢，没人管我。”

“你不是说你爸妈在楼上？”

“委婉地拒绝你而已，以至于不让你那么尴尬啊，还不谢谢我。”

“靠，谢谢您，如此机智地婉拒我。”

“不谢，困了，睡了，改天聊。”

“晚安。”

如果说在夜店酒吧会有艳遇，我不知道我跟那菲菲算不算，也许只是我一厢情愿而已。毕竟如果真是艳遇，今儿晚上我就不可能回来了，充其量现在只是个萍水相逢罢了。

第二天上班，昨天晚上那几个小子都过来问我：听说昨天你把那姑娘带走了？怎么样？得手没？跟兄弟们说说。

“滚，得手你大爷，老子又不是小偷，再说是她带我走的。”

我怎么解释他们都不信，这也难怪，换作是我也不信，两个孤男寡女大半夜的中途跑了，谁知道干什么去了。正想着这事，手机响了，我一看是那菲菲的信息。

“晚上七点半，前门星巴克二楼拐角，不见不散。”

我想，这可能是我桃花运到了，空窗期两年，第一次有姑娘约我，下班的时候准备了下，直奔前门。

3.

上了楼，一拐弯就见她坐在那儿。我走过去跟她打了招呼，要了杯咖啡，等着她说话。可她只是拿着勺子搅拌咖啡，心不在焉。我问她怎么了，她也不说话，只是摇头。

半天她才小声说了一句：“一会儿你能跟我去见一个人吗？”

“谁？”

“我男朋友……”

“我靠，那菲菲，你不会是想让我假扮你现任男友去示威吧？这么老套的剧情，求你放过我。”

“不是你想的那样，我只是想让他放心而已。”

“我是你现任男友，然后去见你前任男友，还让你前任放心，这是什么逻辑？”

我都已经打算要走了，这姑娘简直不可理喻，真把自己的生活当成电视剧玩呢，我得缺心眼儿到什么程度，要跟她蹚这浑水。

所有的分手总归还是要哭一场的，要不然
爱了这么久，还显得没什么分量。

她看出我的不悦，连忙解释道：

“事情没你想的那么狗血。我跟他是大学时候认识的，他学的是舞蹈，我学的是音乐。像所有美好爱情故事的开头一样，没什么预料，我们就相爱了。

“起初他有些胆怯，但因为我性格天生外向，久而久之我们还是在一起了。他因为家里条件不好，一直没谈恋爱，我之前倒是有过几次感情。他傻乎乎的，什么都不懂，就连陪我出去，要带我去哪儿他都不知道。但我喜欢他也是因为他像一张白纸一样，我想怎么涂抹就怎么涂抹，我有信心把他变成我最想要的人。

“但事与愿违，毕业后我带他回家见我父母，本打算直接订婚，可没想到父母死活不同意我们在一起，就因为我是回族，他是汉族。

“若是在一起也可以，父母给了条件，孩子的姓随我，他以后所有的习俗都必须随我们这边，包括吃饭结婚等等所有的事。

“起初我是觉得为了爱情，他一定会竭尽全力地争取，可没想到，最后他还是放弃了。也许是我太过自私，没考虑过他的感受，也许是我过分相信我们的爱情了。”

听了那菲菲的解释，我才明白，这根本就不是劈腿的事，而是人家没办法跟你在一起，只能开始一段新的生活。那天晚上那菲菲之所以控制不住过去泼酒，也不过是心里那道坎儿没过去而已，而且那晚他搂着的姑娘不过是自己的小表妹而已。但我还有一件事不明白。

“既然你们无法在一起，为什么还要我冒充你男朋友和他见面？”

“虽然无法在一起，但他还是放心不下我。他家里逼着他结婚，我想让他踏踏实实过自己的日子去，我这边就不想让他担心了。”

“唉，弄得真揪心，俩人明明舍不得对方，还非得来个阳奉阴违，何必呢？”

“是啊，何必呢……”

最后我还是答应了那菲菲的请求，跟她一起去见了她前男友。虽然见面的场景我设想了好多种，有可能仇人见面分外眼红，也有可能争风吃醋，但我还是没想到会是这种。

约的是晚上八点见面，我早早就到她家等她，等了有十多分钟，她才下来。穿了一件红色连衣裙，戴了一顶帽子，精致的妆容配上她高挑的身材，任何男人都会春心荡漾。

那菲菲笑眯眯地走过来，挽着我的胳膊说：“走吧，亲爱的，咱见前男友去。”

这狗血的生活，到底是谁编的剧情？

4.

到了饭店，那菲菲的前男友已经到了。我们走过去，礼貌地点头，然后落座。起初那菲菲的状态还是挺好的，大方得体，始终挽着我的胳膊，吃饭的时候也不忘给我夹菜。

但后来的剧情发展，实在是超出了我的预想。饭吃到一半，那菲菲的前男友，也就是韩松，突然盯着那菲菲一动不动。其实一开始我就没进入角色，那菲菲挽着我的时候，我才知道我扮演的角色，所以韩松盯着那菲菲看，我根本没发觉。

倒是那菲菲用一种很怪的语气说：“韩松，你别这样，我男朋友还在这儿呢，多吃点儿饭吧。”韩松压根儿就像没听见一样，放下筷子突然拽过那菲菲的手说：

“菲菲，这段日子你过得好吗？他对你好吗？”

大哥，什么叫他啊，我一大活人坐在这儿你愣是把我当空气是吧？虽然我是假冒的吧，但理论上此时此刻我才是正牌男友好吗？他俩根本没管我内心的活动，俨然把我当成空气。

俩人的对话也慢慢不对味了。

“韩松，我挺好的，就是晚上经常失眠，吃了药也不管用。”

“我明白，是因为我没在你身边。以前你也失眠，我抱着你不一会儿你就睡着了。”

“你就别怪我爸妈了，对于他们来说这是原则问题，对你来说也是。”

“我明白，以后你过得好了，我就不那么难受了，要是不好，我更恨自己。”

等会儿，你俩在这儿演偶像剧呢，肉不肉麻？这时候我已经坐不住了，只能尴尬地喝水再喝水，我起身说去下洗手间，俩人根本没听见。得了，我算明白了，我就是一个伴读书童，陪我们家小姐出来约会了。

从洗手间出来，我看见俩人都哭了，顿时我心里也跟着难受，刚刚的玩笑心情也没了，也许没经历过这种还爱着又必须分开的感情，无法感同身受。

那菲菲一直握着韩松的手不松开，韩松也握着那菲菲的手在嘱托，就好像两个即将远行的人，互相惦记对方，可我知道，他俩这不是远行，是生离。

我坐在旁边的凳子上，听他俩窃窃私语。这种环境我实在忍受不了了，我站起身径直走过去，拍了拍韩松的肩膀说：

“先别太难受了哥们儿，我就是菲菲一朋友，今儿就是过来陪着她的。她根本没谈恋爱，就是放心不下你，虽然告诉你可能好受点儿，但其实也没什么用。”

那菲菲盯着我不说话，好像是怪我把事儿捅漏了，我对那菲菲说：“菲菲，这种苦情戏码我实在来不了，我也当不了这个盾牌，你俩既然舍不得就再努努力，我先走了。”

他俩起身跟我说不好意思，我笑着说没什么，谁还没碰见过点儿过不去的事啊。说完我就后悔了，这明摆着就是说他俩根本就是过不去的人，唉，嘴贱。

晚上 11 点多，我给那菲菲发短信，问她结果如何。

她回：“事情圆满解决，姑娘我孤家寡人。”

5.

其实那天晚上他俩真是抱着互相嘱托的意思，如果一开始能在一起，根本就不用费这么大劲。韩松那边已经订婚了，菲菲父母这边又死活不松口，没办法的事，只能撕心裂肺。

这件事之后，那菲菲整整一个月没跟我联系，不知道她在干吗，我也没找过她。后来才知道，她是出去旅游了，想多走几个地方，散散心，从这事里走出来。

那菲菲一直握着韩松的手不松开，
韩松也握着那菲菲的手在嘱托，
就好像两个即将远行的人，互相惦记对方，
可我知道，他俩这不是远行，是生离。

韩松是三个月后结的婚，还给我发了请帖。我正纠结要不要去，那菲菲打电话进来，让我陪她一起去。我在电话里说："先说好，纯友谊陪你，再当什么男友我可不干。"

那边沉默了一小会儿，懒懒地回道："嗯，不为难你，放心吧。"从她的语气里我听得出来，她相当失落，也应该是非常难受吧。

婚礼那天我特怕那菲菲控制不住情绪，从韩松的神态里也能看得出来。而且韩松最厉害的是，关于那菲菲这件事，他媳妇一丁点儿都不知道，滴水不漏啊。

新郎新娘交换戒指的时候，我偷瞄了一眼那菲菲，她神情淡定，看不出任何的波动。可当司仪问韩松"爱不爱你媳妇，有多爱"的时候，那菲菲的眼泪一下子就出来了。

她没用手去擦也没有痛哭，就是坐在那儿盯着韩松，眼泪像断了线的珠子，噼里啪啦地掉，同桌的人都很诧异，不明白发生了什么。韩松拿着话筒看着这里说：

"我爱我媳妇，我特别爱我媳妇，我从第一天认识她的时候，就想娶她。"

韩松说得声情并茂，以至眼圈都红了，全场一片欢呼和掌声，我看见人群里的那菲菲轻轻地点了点头，然后笑着站起来，端着酒杯向韩松走过去。我当时心里一阵害怕，可千万别再泼酒了。那菲菲笑着跟新娘子说：

"祝你们白头偕老，早生贵子，我还有事，就先走了。韩松啊，你可得对我妹妹好点儿，不然我可饶不了你。"

韩松站在那里就像一个大写的尴尬，只能点点头。新娘子倒是欢喜得很，觉得韩松的这个朋友挺靠谱，热情地说以后常过来玩，一起聚聚，韩松炒菜特别拿手，有机会你一定要尝尝。热情得让所有人都觉得这是一个很和谐的画面。

只有我知道，那菲菲心里滴着血，韩松心里也是。虽然这件事或许对韩松的老婆太不公平，但感情的事哪有公平可言，只不过是一个婚礼，那菲菲都要不来。

那菲菲点了点头，转身走了。后面是新郎新娘，前面是红毯，那菲菲背向他们走出大门，我清楚地看见她颤抖的肩膀。我跟了出去，那菲菲没回头，直接跟我摆摆手，让我别跟过来。

我放心不下，在后面小心翼翼跟着。她在前面快速走着，在走到一个拐角的时候，她从我的视线里消失了。我轻轻跟过去，却听见她在拐角处的哭声。

和之前在酒席上的流泪相比，此时此刻的那菲菲简直用尽了全身的力气在哭，我从没听过一个姑娘能哭得如此撕心裂肺。我靠在墙边无力地坐下，她就在那儿哭着。而且她还小声地说了几句话，刚开始没听清，后来才明白她在说什么。

她说："我愿意，我愿意，我愿意……"

6.

那菲菲失恋了，我以为她一开始就知道失恋了，其实不是。直到看见韩松把戒指戴在新娘手上的时候，她才真真切切地明白自己失恋了。

在此之前，她一直侥幸地觉得还有机会，只要两个人单着，就一定还有机会。可那菲菲不知道，人和人之间就像两颗种子，从远处飘来，互相碰头，然后落地生根。虽然看起来这种厮守不会分别，但当外力介入的时候，另一株就像被连根拔起，没人知道它最终会去哪儿。

但可以确定的是，分开这件事，只有一个人会在原地等，另一个必须往前走。那菲菲以为能等回韩松，可是怎么可能呢？如果那菲菲不是回族，韩松一定拼了命去争取，可对于家里就这么一个儿子的父母来说，又如何接受自己的孙子不姓韩呢。

我去看那菲菲的时候，她永远都是一个表情，好像全世界都欠她似的。我不止一次安慰她，事情已经过去了，人家也开始新的生活，你也必须得往前看了。

那菲菲说："在韩松以后，我不知道还能不能找到这么合适的人。"

我说："首先，你必须保证在恋爱之前确定他的民族，如果还是汉族，那就算了吧。"

那菲菲苦笑："现在的社会连他妈性别都无所谓了，凭什么我们不行？"

"造化弄人吧，让你知道这世上有一个和你很般配的人，至少你心里不空。"

那菲菲突然抬头盯着我说："韭菜，从认识到现在，你说实话，你对我有没有过爱情？"我根本就没想到她会这么问我，但其实这也是我一直苦恼的问题，我想了想对她说：

"有，那天送你回家的晚上就有了。可没等我心里的种子发芽呢，就见证了你和韩松的痛苦，我知难而退了。我不想当第二个韩松，也不想当第一个吃螃蟹的人。我的确喜欢你，但也只能到喜欢为止了。”

那菲菲点点头：“我懂了，我的确是一个让人为难的人啊。”

其实还有几句话我没对那菲菲讲，如果可以我想试试，但我怕我不能成功，让她再一次经历痛苦。其实说到底。也许是我自己不敢吧。

过了很长一段时间，那菲菲有些恢复了。她说她想离开这座城市，去国外走走，看看那里的风景，看看那里的人，也看看能否遇见爱情。我说这主意特别好，国外有很多和你信仰相同的人，而且就算不是同样的信仰，他们也不在乎所谓的风俗规矩，毕竟和国内的爱情观相比，外国人更侧重内心的真实感受。

那菲菲去的是英国，走的那天我送她去机场，路过公园的时候看见很多工人在松土，旁边摆着很多的树苗。她看着外面，头都没回地跟我说：

“韭菜，我其实就是一个栽树的人，费尽心力选了一棵好树苗，又不辞辛苦地挖了一个很深的坑，我日夜照料，就希望它快快长大。或许它能结出果实，也许是苹果，也许是梨子，也许什么都结不出，可没关系啊，只要我能看着它长大就好啊。

“韩松就是那棵小树苗，我悉心栽培，教他如何爱一个人，如何对一个人好，如何真诚对待爱情。就在他刚刚成熟的那一瞬间，它被人拔走了，连根拔起。上面带着的不是土，都是我的心血。我终于能感受到他的爱时，他却跑去爱别人了。”

说完这段话，她靠着车窗睡着了。我想她应该是太累了，应该好好歇一歇，等雨露充足阳光明媚，总还是会有好的人等她遇见。

那菲菲说：“前人栽树后人乘凉，我只是那个栽树的。可我不后悔，毕竟他长成了我爱的样子，他去爱谁已经和我无关了，只要他继续生长就好了。”

我对她说：“菲菲，地球上人那么多，不会只有你一个人栽树，兴许以后你遇见的人，就是别人种好的呢。没有人天生就会爱，都是一个人教会另一个，然后去爱下一个。”

“永远有人孤单，永远有人爱着，我们都是树苗，又都是栽树的人。”

我不是单身，我只是相信爱情。

14

陈紫云，光芒万丈

女人天生就是飞蛾，擅长不怕死地扑火。可也都是凤凰，死一次就涅槃了。那些独立自由的女人，大多都是扑过火的。

陈紫云说："女人天生就是飞蛾，擅长不怕死地扑火。可也都是凤凰，死一次就涅槃了。那些独立自由的女人，大多都是扑过火的，后来懂了，就不会再当那只会扑火的虫子了。"

没错，我也觉得"陈紫云"这名字俗，可人家确实叫这名字。

我觉得她父母应该是八十年代最朴素的父母，不然谁也不会给自己姑娘起这么一个名字，虽然不得不承认在那个年代，有个姑娘叫陈紫云还是挺好听的，就跟建国、建党一样，透着一股子时代气息。可是习惯了其实挺好听，至少好记。

陈紫云给自己起了个网名叫"安离"。好吧，还是他妈的俗不可耐，跟初中那会儿，课堂上传看的青春杂志里的人物一模一样。就现在随便搜一下，成百上千的姑娘都用这个名字，可能她们都觉得特文艺吧。我觉得也还好，就是会带着那种非主流加炫舞的网吧气息。

我叫她紫云，其实单叫这两个字挺文艺的，跟紫霞仙子似的。但不能带着姓，否则就俗了。

陈紫云是个地地道道的南方姑娘，广东人，说话轻轻柔柔的，特别好听。我通常是不跟她直接交流的，作为东北人是无法分辨她说什么的，她时不时控制不住就说广东话，我根本听不懂。她又不愿意说普通话，所以更多的是打字交流，至少她在骂我的时候我听得懂。

其实有很多次我都觉得她投错胎了。她经常会表现出东北姑娘的那种豪爽劲，从不生气，大大咧咧，有一说一，有事必办，干干脆脆的。但她又确实是南方姑娘，这种感觉让人很矛盾。就像你已经确定这个人是什么样的性格，但只要她一开口就全变了，温温柔柔地让你整个人都酥了，我常说她太分裂了，声音跟性格完全不搭调。

陈紫云是学医的，好像是学药物方面的，但这不重要，重要的是她对妇科男科相当精通，而且特别热心。好几次在群里，有人问这方面的问题。她一开始不说话，后来估计实在憋不住了，冲出来说了一堆，别人有说错的地方，劈头盖脸先骂一顿，然后再告诉人家正确的。长此以往，陈紫云在这个一千多人的群里算是火了，人送外号“妇科陈主任”。

我就是从那时候认识她的，觉得这姑娘真他妈生猛啊。

我跟陈紫云从没见过面，连照片都没见过，通俗点儿说，我俩只是网友，但这不妨碍我们成为朋友。在网络上人都习惯伪装，生活里是尿货，网上肯定到处喷粪。若是生活里生龙活虎，网上可能就是到处点赞不说话的老好人。

但我跟陈紫云之所以能一见如故，就是因为我俩都不装。有几次我在群里跟人吵架，她都跳出来跟着我一起骂对方，几个回合下来，我觉得这姑娘还真是条汉子，得认识认识。

后来得知，她比我还大两岁，可顶着一个卡通形象，配着非主流一样的名字“安离”，倒也在群里招了不少单身小伙的热烈追求，但她从来不理。

我对她说：“如果是在论坛时代，我肯定天天给你顶。”

她说：“滚，老娘不网恋。”

我说：“认识你一年了，你也老大不小了，有男朋友吗？”

这句话发过去后，她头像就暗了，从此再没跟我说过话，人间蒸发一样，动态不更新，所有相关的联系都断了。

我一度觉得这姑娘是不是让我刺激得想不开自杀了？后来证明，

那段日子她确实像死过一样，这都是许久后她才跟我说的。

陈紫云有个男朋友，从大学开始，俩人一直感情稳定。大学毕业，陈紫云留在广东，在一家医院上班，安安稳稳。男朋友军校毕业，分配到藏区，临走前，手拉着手说了一整夜的话。男朋友答应陈紫云，俩人二十八岁就结婚。

藏区距广东十万八千里，分开三个月后，因为想念对方，陈紫云买了火车票一路奔向藏区。但高原反应，头痛欲裂，吐得昏天暗地，男朋友请了一天假陪着她，她高原反应也好了一半。耳鬓厮磨，诉说衷肠，水到渠成。分别时，男朋友依依不舍送她上车。回到广东，俩人的感情似乎比以前更好了。

恋爱中的陈紫云就像幸福的小傻逼一样。屁颠屁颠地攒着工资，攒着假期，屁颠屁颠地奔向藏区，那个心情，就像织女见牛郎。陈紫云觉得，自己也算是为支援藏区建设出了一份力呢，至少能让男朋友安心当兵。

我说："你这是千里送炮啊。"

她说："还真是，那时候不觉得有问题，现在觉得还真是贱啊，何止贱。"

后来俩人商量结婚，陈紫云说结婚的事交给我就好。然后自个儿订酒店、请司仪、找录像、联系照相馆。所有的事都是陈紫云自己跑的，好像恨不得立刻嫁出去。

日子定好了，请帖也都发了，陈紫云觉得应该去接新郎回来了。屁颠屁颠买了票奔赴藏区，没成想下了火车去旅店路上，正好碰见男朋友搂着个姑娘从里面出来。

其实你明明知道，
最卑贱不过感情，
最凉不过是人心。
所有的肆无忌惮，
其实都是有恃无恐。
心底的情有独钟，
或许都是执迷不悟。

用她的话来说，当时整个人都僵了："心里的雪比珠穆朗玛峰的还要多，心凉得比纳木错湖里的冰还要冷。"

她自己跑到一家面馆要了一碗热汤面，风卷残云吃完后，头上顶着热气，跑到男朋友的军营，当着一堆人的面，甩了两个大耳光，一滴眼泪都没掉，自己回了广东。

到家就把自己关在屋里不出来，整整一个月。一句话不说，吃就吃，吃完回去。父母跟着着急，还不敢细问，但也都猜到一二。婚礼自然取消了，只是请帖都发了，在亲戚朋友面前彻底丢了面儿。她说那段日子就跟死了一样，唯一对不起的是父母，跟着丢人。

后来我才知道，当时我问她有没有男朋友的时候，正好是他俩分手的第二个月。她那股劲还没缓过来，就又让我给戳了一下。那段日子没人看得出来她经历了什么，在网上谈笑风生嬉皮笑脸。她说那段日子如果不是上网遇见我，跟着我一起打嘴架，估计就自杀了。

陈紫云用了一年的时间才从那段被绿的日子里走出来，说是走出来，也只是自己不去想了。人有的时候得学会骗自己，就像经历这件事的陈紫云，需要很长一段时间，才能建立好与人的信任感，至少她很难再相信一个男人了。我问过她：

"你觉得是什么原因让他把你绿了？"

"还能是什么，你们男人的原始冲动呗，尝过甜头，还想尝。"

"如果他不去当兵，你俩应该就不会分开了吧？"

"不可能，会出轨的人，在什么情况下都会出轨。"

"这么肯定？"

"废话，这跟距离没关系，我就算天天在他身边，他还是会不满足。

有些男人的丑恶会隐藏得很深，他之前之所以没有跟别人，是因为他所受的诱惑不够。”

“你不能把所有男人都说成会出轨的人啊。”我非常不满地说。

“哦，也对，那我只能说他是个人渣，而你们是暂时性的好人。”她发来一个不屑的表情。

“你真的认为所有男人都会出轨？”

“对！！！”她非常坚定地发来这一个字，看来她确实被伤得很彻底，以至于对于男人这种生物已经完全没办法信任了，我也懒得跟她辩解。

本来一切都应当步入正轨了，陈紫云踏踏实实上班，按时按点回家，直到她那个前男友再次出现。人要是渣起来，其实就不管不顾了。前男友求着她复合，痛哭流涕地表决心。陈紫云压根儿就没搭理他，她说我觉得碰见条狗我都得蹲下来摸摸它，我觉得它通人气，可对于这种人，说是畜生都埋汰畜生了。

那小子在藏区谈的那姑娘家里要的礼金太多，他拿不出，想分手。趁着休假跑回广州找陈紫云，希望还能有机会在一起。陈紫云铁了心不搭理他，奈何这小子跟狗皮膏药一样，天天上下班跟着陈紫云。经过那件事之后，陈紫云的智商得到了飞跃发展。某一次他尾随的时候，陈紫云突然停下，转身看着他微笑。

这小子以为自己多日来的努力终于感动了陈紫云，立马上前握住她的手。陈紫云顺势把衣服扣儿扯开，发卡一拽，哭着喊着耍流氓。正沉浸在复合喜悦中的他瞬间惊呆，根本不知道面前这个姑娘在玩什么路子。等他反应过来的时候，已经聚集了一群人。

你在别人眼里可能平凡普通，但你一直是我自己的信仰，

请继续牛逼闪闪地活下去！

陈紫云顶着一头乱发，双手捂着领口，配上小声的哭泣，让所有人都认为这小子非礼了这姑娘。有几个气不过的上前就要揍，那小子连忙解释说是男女朋友，吵架闹着玩。陈紫云直接来了一句：“我不认识这个人。”这小子算是彻底傻了，有人报警，扣上就回派出所了。

晚上的时候陈紫云的妈来了，那小子的妈也来了，进门的时候正好碰见，互相翻了一眼，没说话就进去了。

陈紫云沉浸在报复的喜悦中，顶着一头乱发在那儿做笔录，看见亲妈进来了，一个眨眼，全明白了。要不怎么说娘俩呢，到底是心有灵犀啊。警察问她妈：“这人你认识吗？”

陈紫云她妈看了一眼说：“流氓小痞子，我怎么可能认识。”

那小子一个劲地叫：“伯母，是我啊！我是紫云的男朋友啊！”

陈紫云她妈绝对是个女中豪杰，笑着说：

“哟，可别闹了，我姑娘还没交过男朋友，哪儿就冒出个男朋友啊，看你这穷酸样，估计当流氓都不合格。”

那小子的妈不干了，冲过来就理论：“不就是俩年轻人闹分手吗？至于你这么埋汰人吗？我儿子怎么就成流氓了？”

陈紫云偷着抬头看了看，直接号啕大哭，说以后没法见人了，不活了。警察一看这可能确实是耍流氓，就移送部队保卫部门处理。陈紫云挽着她妈的胳膊风风火火回家了。我跟她说，损啊，是真损。不过你也是人才，一个姑娘能这样，不得了。

那小子之后再没敢去找陈紫云，待了一段日子又回了藏区，找另一个前女友了。陈紫云也彻底从那件事里走出来了，用她的话说，哪儿是走出来的啊，连滚带爬逼着自己走出来的。被人背叛，都是滴血掉皮的事，真能伤你的，都是自己在乎的。死了一次，就不敢再跟谁交心了。

我说你应该往前看，祖国的大好青年还是很多的，不能一棒子打死了。一只猴子偷桃吃，不能证明所有猴子都偷桃吃。她笑了笑说，猴子，不就是他妈偷桃的吗？

年底的时候陈紫云她妈带着她到处相亲，毕竟过年就三十岁的大姑娘了，扔在哪儿都算大龄剩女了。她倒是不着急，她觉得之前用了半辈子都看错人了，不能再着急了。要是没有对的人，也不能委屈自己。相了许多个，都不满意，不是她看不上人家，就是人家看不上她。

她说相亲就像买卖牲口，牙口好的，能聊上，身材好的，能看上。牙口身材都看不上的，只能再换一头了。我说："按你这么说，《非诚勿扰》那节目整个一禽畜交易市场呗？"她说："没错，讲好价钱看好身材牙口，这对就算相亲相爱了。"

"你嘴这么毒不怕孤独终老吗？"

"就怕不能孤独终老，中国这么大，总会有个活物看上我的。"

"那敢情好。"

两年里我换了两个女朋友，陈紫云仍然单身。我说你不会是看破红尘了吧？她发来一个笑脸说："滚犊子，你才看破红尘，你全家都看破红尘了。"

我说："靠，一个姑娘这么说话，活该你单身。"

"我不是单身，我只是相信爱情。"

说完这句话，她就下线了。

后来我仔细想了想，陈紫云说的确实有道理，她不是看破红尘，她是看破人心了。那些每天换着花样谈恋爱的人，是不相信爱情的。就因为不相信，才能玩得肆无忌惮。而像陈紫云这样的姑娘却是太相信爱情了，所以容不得感情有半点儿虚假。

恋爱这条路上，她注定走得孤独一些，毕竟得对得起当初碎了一地的心啊。

有一天我正在上班，陈紫云突然发来一条信息，一个大大的笑脸，后面写了四个字："哈哈哈哈。"

我说："你上班捡钱了啊？"她说："不是，等着。"十分钟后她给我截图了一段聊天记录。我问谁的，她说是那人渣老婆和她的聊天记录。

原来那小子回藏区后，好说歹说人家同意把姑娘嫁给他了，他老丈人还把饭店当作嫁妆，给了姑娘。婚后踏实了一年，又跟别人好上了，被媳妇捉奸在床，闹得鸡飞狗跳。他媳妇也不知道从哪儿弄到陈紫云的 QQ 号，俩人就聊上了。

聊天记录上，陈紫云装得好一个大尾巴狼。他媳妇说，当年对不起陈紫云，是自己年轻时冲动犯下的错，不知道他有女朋友。如果知道他俩好了这么多年，她是不会跟他好的。

陈紫云像知心大姐一样开导人家，说不恨她，毕竟年轻容易犯错，还细心地问了问家里的状况，有没有需要帮助的。后来得知这女的已经怀孕两个月了，陈紫云笑了笑，陪着聊了好久。聊完之后，陈紫云在拉黑她之前发给他媳妇这样一段话：

"我不怪你抢走一个人渣，只怪你没有早点儿出现。虽说他出轨在先，但也至少是我甩他在后。当初他从藏区回广东求我复合，可能觉得新鲜劲儿过了，跟你也玩够了，还是觉得原配好。但我已经恶心他了，他觉得跟我没戏了，才回去找的你。你从小三到备胎华丽地走了一圈。还有，我俩好了这么多年，你别他妈装不知道。当年我每次去看他的时候，都是在你家饭店吃的饭，跑过来贱贱地叫军哥的是不是你？怀孕被甩了才知道找我求原谅，我陈紫云没那么高尚，到头来还得谢谢你，不然挺着大肚子跟前任诉苦的就是我了。”

我看完回复她俩字：“解气。”

她说：“其实都是女人，我挺心疼她的，但我没办法原谅。”

“归根结底你还是个善良的人，只是社会太险恶。”我说，“你还要单身多久？是不是因为长得太丑了？”

“老娘可美，只是没人欣赏罢了，有朝一日会给你看的。”

“什么时候？”

“不一定啊，这不是我说了算的，碰见合适的就再说呗。”她发来一个打哈欠的表情。

我说：“愿你早日找到如意郎君。”

几分钟后她发来这句：“我会变成七彩祥云，等着我的盖世英雄。”

我回：“真他妈的矫情。”

在感情这条路上，没有谁能走得顺畅，有人背叛，有人抛弃，但也有人坚持。

我佩服被渣男伤害过的陈紫云，她依然敢爱敢恨，依然每天乐呵呵地面对生活，乐呵呵地相信爱情。也许她不再幼稚不再天真，但她始终乐观，在她身上能看见人生的希望，也看得见她会越来越好的以后。就算她七十岁那天，叫她少女也不为过，相信爱情，永远年轻。

2014 年国庆，陈紫云给我发来一张照片，是一位姑娘挽着一个小伙儿站在民政局门口。小伙儿挺帅，姑娘很美，挺般配。照片下面有一行小字：

“从此陈紫云跟她的盖世英雄幸福地生活在一起了。”

李茉莉就是个特别美好的人，美好得不像话，

就像一朵茉莉花。

15

茉莉不是花儿

你每次都是用力过猛，感情刚开始，你便奋不顾身，背水一战，不留一点儿后路。而对方，却不显山不露水，给予的恰到好处。哪怕分开多年后，你仍不知自己输在哪里。

1.

我遇见过很多特美好的姑娘，她们本该有幸福的生活和爱她的人。但事与愿违，一个好人并不代表遇见的也都是好人。

李茉莉就是个特别美好的人，美好得不像话，就像一朵茉莉花。

李茉莉原名叫李霞，她爷爷给她取的，她对此深恶痛绝，但又没办法不叫。除了身份证和户口本，她只跟别人说自己叫茉莉，至于为什么，她从不解释。

其实正好相反，她简直就是人群里的玫瑰花，带刺的那种。

茉莉是做婚礼策划的，起初认识她是在一个朋友的婚礼上。酒席吃得差不多了，我出门抽烟，正好看见一个姑娘蹲在地上抽烟，一脑袋的小脏辫，胳膊上文了个茉莉花，浑身上下透着不服不忿的气质。

我正看得出神，她嗖的一下起身，撞在我的头上。一开始我不好意思，毕竟是我盯着人家看的，她倒没发现什么，一个劲地道歉。

“哎哟，帅哥真对不住，没留神，起快了，碰着了吧，对不起对不起！”

我连忙解释：“没事没事，就是你这脑袋太硬了。”

她哈哈大笑，问我是不是过来参加婚礼的，我说是。

她立马把手搭在了我的肩上，边走边说：“走，咱喝酒去，给你赔礼道歉。”

我心想这他妈是姑娘吗？怎么这么彪？一共喝了两瓶白酒六瓶啤酒，当然这都不是我的成绩，都是茉莉自己喝的，我自己只喝了两瓶啤酒罢了，她一直嚷嚷着让我喝。

我说："姑娘，我真来不了了，明儿还得上班，再说酒量真不行。"

茉莉抬头看了我一眼：

"哪儿有什么酒量不行的，伤了几次心，酒量自然就有了。"

新郎过来敬酒，看见我俩坐在一起，先是一惊然后故作淡定，没看茉莉直接小声问我：

"你俩什么时候认识的？怎么还坐在一起了？"

"刚认识的啊，怎么了？"

"没事，没事。"

他酒也没敬，直接越过我俩过去了。新郎是我一个前同事，关系一般，但他媳妇是我同学，结婚不能不来，没什么交情，也没什么过节。

2.

茉莉拿胳膊肘推了我一下说：

"知道谁吗？"

"新郎啊，还能有谁？"

"追我的小凯子。"

"我操，这你还来？心可真他妈大。"

"反正不喜欢他，心情跟参加葬礼似的，没区别。"

"您老的嘴可真损，人家大喜日子，积点儿德。"

"我乐意，管得着吗？"

"管不着，姑娘芳名啊？"

"李！茉！莉！"

“呃……好名字。”

我跟她就在并不友好的谈话中认识了。那时候我工作不是特别忙，也正好单身，没事就跟她厮混在一起，不过都是特纯洁地喝酒而已。我一直觉得以她的德行，定是不喜欢男人的。

有好几次在酒吧的时候，我看见很多进门的美女都认识她，全是那种男人看了精虫就上脑的身材，一个比一个妖。

我嬉皮笑脸地问茉莉：“给哥们儿介绍一个呗？”

“滚犊子，自己搭去。”茉莉不屑地来了一句。

对于她这种地地道道的南方姑娘，我一直不能理解，她为什么要用东北话骂一个东北人。她实在是太不女人了，我不止一次跟她说：“李茉莉，你再这么爷们下去，真没男人敢要你了。”

她从来不以为然，我说得多了，她也只是回一句：

“想要你的人，根本不在乎你是男是女。”

我说她变态，后来想想，还真挺有道理。

跟茉莉经常在一起，很多人都以为我俩好上了，我不止一次听见别人问她：“换了？不等了？”而茉莉也只是笑笑，从来不解释。

我问过她：“他们说的是谁？什么换了？什么不等了？”她就是不说。

后来我还是问的酒吧的调酒师小卡。本来小卡也不想说，但碍于我的软磨硬泡外加一顿海底捞，终于全盘托出。

3.

原来茉莉以前在后海是驻唱歌手，不跟乐队，不跟人合作。来了只是现场，歌随便点，没伴乐没音乐，全凭一副好嗓子。那阵子所有后海的人都知道有个姑娘叫茉莉，清唱无人能敌。

按照茉莉这种脾气秉性，她是不可能发生后来的事的，但人就是这么怪，越是不可能的事，越会发生，即便它是如此的匪夷所思。

有天晚上，茉莉照常在台上唱歌，台下一个白衣男一直盯着茉莉。到最后一首歌唱完，他已经是泪流满面。茉莉见过喝酒哭的，也见过分手哭的，就是没见过听自己唱歌哭的。

她走下台，拿起桌子上的纸巾，给那男的擦眼泪，问他为什么哭。

男的说 ：“你在台上像朵茉莉花，洁白无瑕，又有那么美好的嗓音，简直不可方物。”

谁都看得出来，这小子不过是一个民国情诗看多了的文艺青年，而且是那种刚入门的。可茉莉鬼使神差地就这么爱上他了，对了，茉莉这名字，就是从那天开始用上的。

整个圈里的朋友都劝茉莉，别傻了，这孙子没安好心，谁泡妞说那么恶心的话？茉莉总是反驳说：“谁他妈规定泡妞只能说我爱你的？我就喜欢他那股子穷酸劲，怎么着吧。”

没人再劝了，都等着看笑话。那小子没什么正经的工作，都是茉莉拿钱养活他，没人知道茉莉是着了什么魔障，怎么就看上这种人了。

旁人问他是做什么的，也是支支吾吾搪塞过去，问急了就说自己是做文化的。

每到这个时候，茉莉总是冲过来，噼里啪啦把人轰走，拿着一杯白开水放在那小子面前，笑眯眯地说：“你好好写书，别理那些流氓。”

茉莉在酒吧赚得不少，遇见他之后都贴补他了，俩人住在后海里

想起曾爱过的人，曾经为了爱情，
把自己降到尘埃里。

面一个四合院其中一间小房子里。朋友都劝她搬出来，又不是过不下去，何必苦了自己。

茉莉总说：“他喜欢四合院的安静和感觉，觉得在那里能写出更好的文章。”

所有人都觉得茉莉肯定是着了什么魔，不然以她的智商和情商，根本不可能爱上这样的人。半年后，茉莉不再去酒吧唱歌了，朋友们也不知道怎么回事。后来费了很大的劲，才找到她，在一间破屋子里，她正端着方便面坐在床上。

而且，挺着个大肚子。没错，李茉莉怀孕了，而那孙子跑了。

屋子太小，一堆人站不下，只能站在外面骂。先是骂那小子不是人是王八蛋，再是骂李茉莉是傻逼，明明当初告诉过你不靠谱，还他妈死命往里跳，活该！

可最后所有人的愤怒都发泄完了，李茉莉还是低头吃着方便面。就像一拳出去，打在了棉花上，让人难过又让人悲凉。跟茉莉最好的一个姑娘受不了了，跑过去抱着茉莉一顿哭。然后几个爷们也站在旁边哭，觉得茉莉太委屈了，以后的路还怎么走。

茉莉终于还是说话了：

“都别号了，死丫头松手，能不能让我把面先吃完？”

4.

所有人都在给茉莉出主意，把孩子打了，然后休息一段时间，继续回来唱歌。还有的说把孩子生下来，找那孙子算账，总之是七言八语没个结果。

李茉莉其实在心里早就有数了，她慢悠悠地说：

“是个儿子，我托人照了B超，我得生下来，我喜欢儿子。万一这次打了，下次是个姑娘怎么办？我得生下来。”

所有人都觉得李茉莉疯了，她以后怎么办？怎么嫁人？总之一堆的事困扰着。茉莉嫌烦，全都轰走了。自己仍然住在那小房子里，夏热冬冷。

春暖花开的时候，李茉莉生了，的确是个男孩，眉眼之间都像茉莉。带去给朋友们看，都羡慕得不行，全然没有了当初的愤怒，甚至忘了孩子爹的事。

茉莉说，生孩子的时候得有家属签字，她来不及，给一个不认识的男人一千块钱，才签的名。她妈从老家过来，看见茉莉怀里的孩子，所有的愤怒也都无处发泄了。

孩子断奶后，母亲就给接走了，趁身体还算硬朗的时候，想帮茉莉分担些。

孩子他爹当初之所以不辞而别，是因为发现茉莉怀孕后，不想负责。他跟茉莉说过，他不想被尘世牵绕，也不想被家庭所累，所以暂时并没有结婚的念头，况且自己的父母也不会接受一个有文身爱抽烟喝酒的女孩。可是那傻逼不知道，茉莉的文身就是一朵茉莉花而已，而且也都是为了他才文的。有时候碰见了渣男，你只能认栽。

孩子被接走后，茉莉不怎么去后海了，对她来说那儿是个伤心地。酒量也在那以后见长。自从做了婚礼策划，生活也变得规律了，不唱歌不抽烟，总说得给儿子一个好榜样。

我问过她，为什么爱上那种人？李茉莉每次都不说话，只是笑笑。

后来有一次她喝醉了，三瓶白酒，醉得一塌糊涂。

李茉莉说她爸在她很小的时候就去世了，出海打鱼，就再没回来过。平时她爸喜欢写一些东西，年幼的茉莉觉得特别厉害，虽然她看不懂。

后来大了一点儿才明白，那是爸爸写给妈妈的情诗。她从小就觉得应该找一个会给自己写诗的男人。

父亲去世后，茉莉仅有一张父亲年轻时站在大树旁的照片。父亲穿着一件白衬衫，笑容温暖，李茉莉的眼睛早就把那张照片印在了心里。

所以那天她在台上唱歌，台下那个男人恰好穿着白衬衫，对她笑，她恍惚觉得就是父亲。虽然下台后发现并不是很像，可那个人却念了一首诗给她。

年轻的茉莉从未想会遇见这样的人，在后海那里，小伙看上了姑娘只想睡她，哪儿还有时间写诗啊。虽然最后李茉莉还是让他给睡了，但至少在李茉莉看来他是与众不同的。

5.

茉莉摇晃着酒杯，下巴抵在手臂上，趴在吧台上，小声地说：

“我多爱他啊，他怎么忍心就走了，我不用他跟我结婚的，孩子我自己养，他就安心写作就行了。为什么要一声不吭就走？他总说我像个男人一样粗糙，可他为什么当初还要说我像茉莉？他知不知道，所有的粗糙背后，都是一碰即碎的软弱。”

我说你怎么了？李茉莉没搭话，也或许是没听见，自顾自地说着。

“我都已经下定决心不结婚了，他还是不依。归根结底我是个姑娘啊，只想要个家而已，他怎么就不明白？我连他家在哪儿都不知道，我都不知道怎么找他。”

李茉莉半天没再说话，我偷偷侧头看过去，她已是满脸泪痕。

我安慰她说：“人总得往前看，既然曾经过不去的，都过去了，就没什么大不了的。”

李茉莉抬起头看着我：

“你说，我还能找到他吗？”

“不能，你别他妈鬼迷心窍了，那孙子哪点配得上你？”

“爱情，哪有配不配的，只有爱不爱。”

“那也分值得不值得好吗？”

“爱过，就值得。可话说回来，他还真有点儿孙子呢。”

“不是有点儿，是真孙子。”

“咱俩在这儿骂他，你说他会不会打喷嚏？”

“估计会吧，哈哈哈哈。”

“……”

我终于明白李茉莉为什么大大咧咧玩世不恭了，不然你还让她怎么样？或许所有那些生活里看起来没心没肺的人，都有一段不为人知的过往。

他们用高兴掩盖失望，用乐观替代悲伤。没人知道夜里他们怎么过，但别担心，只要第二天的太阳照常升起，他们必定仍是那个充满朝气的人，就像刚开的花朵一样。

茉莉曾问过我有没有喜欢过她，我说当然有，但一瞬间之后就没了。

一生渴望被人收藏好，妥善安放，细心保存。免我惊，免我苦，免我四下流离，免我无枝可依。

她问为什么，是因为她有孩子，还是什么？我说都不是，可能就是不够爱吧，人可以分很多感情和关系，哪一种都可以入心入骨，咱俩的情分已经入了我的骨，但也只是情分而已。

她说她当然懂，我喜欢的是小鸟依人，她这么阳刚的姑奶奶怎么可能跟我腻腻歪歪。

我说，还是不够爱呗，你知道自己小鸟依人什么样，你知道该对谁。

李茉莉低头踢了脚边的一块石头，手插着兜往回走，走了几步回头跟我说：

“以后别提那孙子了，不想了。”

“好！”我大声地喊着。

三个月后我过生日，去了茉莉以前驻唱的酒吧，虽然走了不少人，但还是有几个朋友过来。大家聊得很多，说北京这个城市，说来北京这些年，说以后想怎么办，说爱上了谁，说谁又不爱我。其实生活里不就是这些？情情爱爱，你你我我。

你看街上那些商家，逢年过节搞的活动都是面向情侣的，你见过有哪个活动是对友情亲情来的？归根结底是我们太缺爱情了，又觉得只要在一起就是爱情，其实都不是。

爱情只有一次，就是奋不顾身、破釜沉舟、不留余地、孤注一掷的那次。

那次以后，你所有的爱情都不过是那场战役剩下的残羹旧爱，根本算不得爱情，合适而已。

6.

酒过三巡，屋子里的人都醉了，哭笑打骂好不痛快。李茉莉拿着两瓶啤酒出来找我，我坐在路边，看着对面的人来人往。

李茉莉问我怎么了，我说我有些难过，我还没碰见过奋不顾身的爱情。

她笑，她说你要是真碰见了，就傻逼了。成了，幸福一生；散了，扒你层皮。

“我突然想写首诗，给我喜欢的姑娘。”我说。

“那你就写，留着给以后的姑娘。”

“到那时候感觉就不对了，算了，不写了。”

“好吧。”

“李茉莉！”

“嗯？”

“我觉得那孙子是爱过你的，真的。”

“为什么？”

“就在刚刚一瞬间，我才明白，一个男人如果真的爱上一个姑娘，才会想写诗。至少他当时是真的，不然谁也不会在大庭广众下，说出那么恶心的话。”

“或许吧。”李茉莉淡淡地说。

“操！不是说别再提了吗？”李茉莉生气地说。

我看得出来，她并不生气，她很高兴我告诉她当初的选择没错。即便后来是错的，但至少她没傻得太彻底。

李茉莉告诉我她下个月就走了，离开北京，回老家。我问她为什么，她说人总是要务实的。儿子等她回家呢，如果碰见合适的，也得成个家了，前提得对她儿子好。

茉莉走的那天下午，我请假去机场送她，来了很多朋友，我插不上话。

李茉莉把头上的小辫都解开了，一头直发，直到腰间。我突然发现茉莉是一个特别漂亮的姑娘，站在人群里也能轻易分辨出来。

如果没有和她之间的过往和了解，我或许第一眼就会爱上她，虽然这可能是男人荷尔蒙的反应，但至少是真实的。

茉莉看见我来了，走过来，微微地笑着，眼里带着泪花。

“你怎么来了？不是告诉你别来了。”

“不来不地道，你陪我喝了那么多无聊的酒，理所应当。”

“就知道贫嘴，以后在北京好好的。”

“嗯，知道。还有，你今天真好看，像一朵茉莉。”

李茉莉在人流中消失了，我知道几个小时以后她就会出现在南方的那座城市，以后我会去见她，也或许不再见了。

她曾说过，北京是一个江湖，聊得来的朋友，停一停喝杯酒。喝完了，酒醒了，还得赶路，你是你，我还是我，红尘一别，很难相见。

7.

这并不是一个爱情故事，也不是友情，只是我们的生活。

是可能你在街上擦肩而过的每个人身上的故事。

那些完美的不完美的，都藏在心里，无人知晓。

半年后李茉莉给我发了一封邮件，我嫌她落伍，现在谁还发邮件呢。

她说，这样显得正式，朋友间值得这样。

邮件没什么过多的信息，就是告诉我她很好，妈妈身体健康，孩子也好。

照片是她们仨的全家福，妈妈看起来很好，茉莉有些胖了，孩子也很可爱。

邮件的落款是“李霞”。

我知道，茉莉，哦不对，是李霞，已经把那个叫李茉莉的人留在了北京，把那个叫李茉莉的魂留在了后海，留在了那个小小的四合院的房子里。

她要重新出发，重新开始，而那个当年在北京跟我喝酒、抽烟、聊天、侃大山的李茉莉不会再有了，虽然我很想念她。

她会存在我的记忆里，在我老的时候，可能连她的模样都记不清了，但有什么关系呢？

其实每个姑娘都会做一次李茉莉，相信那是爱情，然后奋不顾身，可终归会长大，会明白自己要什么，爱情是什么。

就像茉莉说的：“爱情，哪有配不配的，只有爱不爱。”

……

如果你在街头遇见一个叫李霞的姑娘，请告诉她，茉莉花很美。

那些修成正果的爱情，如同中药和老火汤，

都是一个时辰一个时辰熬出来的。

16

相依，为命

无论你今天过得多么彷徨和迷茫，最终都会过上你想要的生活。

1.

爱情并非只有甜如蜜，也有苦中乐。不是所有的我爱你，都会伴着美好和祝福。有些爱情，虽然看起来卑微，可又那么坚强和纯粹，任谁也比不了。

爱情这东西，的确是随着时间变化。

七十年代，父母做主，两家觉得差不多，就可以结婚了。根本不需要两个年轻人碰面，但磕磕绊绊地也都过了一辈子。

八十年代，改革开放，自由恋爱，轰轰烈烈的爱情也就多了。嫁鸡随鸡，嫁狗随狗，自己选的人，好与不好都得自己担着，跟父母没什么关系。离婚率也就增长了，但也还好，聚散都是因为爱情。

到了我们这一辈儿，“80后”，摸了保守的尾巴，进了新时代的大门，骨子里透着那么一点儿羞涩和胆大。明知道什么不对，非要试试，即便受伤了也自己忍着。说自己年轻，还有机会。

我们的爱情也是，谈得来就谈，谈不了就分。反正一片大森林，歪脖树还不有的是，没人再想一棵树上吊死。

这是我们这代人特有的优点，不问过往，只看余生。也是缺点，我们不再长情，好像“我爱你”这三个字，跟谁说都可以。

从前特别值钱的一句话，到现在已经没人敢信了。

我见过许多对情侣，有甜蜜的，有恩爱的，还有秀恩爱秀甜蜜的。我没兴趣探究他们是否相爱，也没工夫去感受他们的感情，反正最后他们都分了。

可生活里不能只有悲观，也必须有希望，爱情也是。

每当有朋友跟我诉苦感情不顺、工作压力大，我总能想到他们，那对小情侣，曾经在北京拼了命地相爱。

生活在北京的上班族，对路边的早餐摊肯定不陌生，每天朝九晚五的生活，早餐对付一口，晚上再开始犒劳自己。

我也不例外。就是那几年的时光，认识了尚楠和于宁。

尚楠和于宁是一对情侣，在我家楼下卖早餐。他们只做一样食物——煎饼果子，感觉比别人家的都好吃，更卫生。

对于我这个北方人来说，刚来北京的时候对煎饼果子这类食物并不感冒。只是时间久了，看别人吃，自己也想尝尝，便一发不可收拾了。

北京拥堵的交通，决定了每个人早上必定是行色匆匆，顺便在路边买个早餐确实方便了许多。

因为就在我家楼下，平时也没有特别注意，只是在几次时间很赶的情况下光顾了几次。起初没什么印象，就是觉得两个人都很年轻。

男孩二十多岁，女孩则应该更小，和这座城市里所有的打工者一样，卑微地生活在最底层。可后来想想，对于北京这样一座城市，谁又不是后来者，谁又不是卑微者呢?

我们都一样，只是站的位置不同而已，却也平添了几分感慨。因为特别的留意，每次买早餐的时候都会跟他们聊上几句。女孩只是笑着，从未跟我说过话，男孩很健谈，每次都很热情。

“哥，今天起得真早啊。老样子，煎饼一个，加个蛋呗？”

“哥，你拿好，路上小心。”

“哥，今儿天凉，多穿衣服没？”

在这座冷漠大于温暖的城市，每天的问候竟然来自一个早餐摊，确实让人感觉窝心。也就是从那个时候起，我开始真的注意他们了。

2.

因为他们只有早晨才出来，晚上下班又见不到，整整一年，都是匆匆而过，寥寥数语。

我不知道是因为我的心思细腻，还是因为他对谁都这样，至少我在心里把他们当成这座城市里一份温暖的存在。

再好吃的东西天天吃也会腻，但为了照顾俩人的生意，我每天还是雷打不动地买上一份。

自己不吃，带到公司，谁没吃或者忘了买早餐，正好送人，虽不是什么大礼，但那段日子也确实收获了不少人缘。

真正了解尚楠和于宁的生活，是一次很偶然的晚上。夏日的闷热加上空调又坏掉，我在楼下遛弯。

恍惚中看见街对面的烧烤摊有两个人影特别眼熟，走过去才发现是尚楠和于宁，我很诧异。

“你们怎么在这里？不是晚上不出摊么？”

“呀，是哥啊，这么巧，快看看想吃啥，老弟给你烤。”

尚楠热情招呼我，于宁仍然只是看着我微笑。我说不急，我就坐一会儿，抽根烟，你忙你的。

看着于宁安静地坐在那儿，尚楠满头大汗地忙活，突然觉得，自己其实是羡慕他们的，至少身边有个人，至少还能说说话。

不知不觉中，已经抽了半包烟，尚楠也忙完了，拿着一把肉串拎着啤酒，坐在了我对面。

“哥，咱俩认识这么长时间了，还没好好唠唠嗑呢，今天咱喝点儿。”

“行，喝点儿。”

我跟尚楠有一搭没一搭地说着。我注意到尚楠身后的于宁，还是呆呆地坐着，偶尔望向这里，又不说话。

我试探着问了一下：“弟妹，好像不爱说话啊。”

尚楠没接话，看不出生气还是怎么，连喝了两杯酒，跟我要了根烟。

“哥，我觉得你是个好人，至少在北京这地儿，你应该算是个好人。”

“为什么？我长得面善啊？”

“不是，自从你在我这儿买早餐，就没断过，有好几次我知道你都吃腻煎饼果子了，但你还是买了。”

“呃，你怎么知道我吃腻了。”

“你有几次买完后，又拐进商店，买了面包。我知道你是想照顾我生意，我心里都知道，哥，你为啥这样？”

“没什么，都是离家在外的人，能照顾就照顾呗。”

“你是不是很好奇，为什么我媳妇从来不跟你说话？”

“嗯，可能是不好意思呗。”

“并不是。”

“那是怎么回事？”

3.

“于宁以前是特别开朗的一个姑娘，家里条件又好。我们是在一个招聘会上认识的，她那天拿了很多东西，跑得又快，掉了一地的文件。

“我上去帮她捡起来，她跟我说谢谢，结束后一起吃的饭，彼此觉得很有缘分，留了联系方式，就这么认识的。

“哥，你不知道，于宁是一个特别有才华的姑娘。”

尚楠没头没脑地说了这么一句话，我没太明白他的意思，他也没多解释，继续讲着。

“认识之后，每天就是发信息，打电话。时间长了俩人的心就近了，那年的情人节，我就跟于宁表白了。庆幸的是她接受我了，就这样，我俩就在一起了。

“是不是特别平淡？跟所有情侣一样，相识到相恋，简直普通得不得了，自以为是最幸福的那对，和所有人都一样。”

我点点头。

“后来想想，要是真的就这么平淡下去也挺好。可总是事与愿违，于宁的父母并不希望我们在一起。甚至可以说是极力反对，因为我家的条件不是特别好，给不了她家要的条件。

“可我爱她啊，这条件不够吗？我也知道，爱能值几个钱，对于她家来说，当然不够。

“于宁的父母早就离婚了，于宁是跟母亲一起过，她爸每个月给她生活费，虽然不多，但也足够日常所用。她母亲就希望她能找个条件好点儿的，彻底摆脱她爸的施舍。毕竟一个因为小三离婚的家庭，

生命给我们的种种坎坷，究竟是一种恩赐，

还是一种折磨？

情感上总是极端了些。”

“那于宁，到底怎么回事？”我又忍不住问了一句。

“唉，或许当初没有我，就不会是今天这个样子了。”

尚楠猛喝了一口酒。我猜得出来，事情不简单，但也不好多问，只能等着尚楠自己说出来。

“前年，她父母逼着我们分手，我心疼她，偷着走了。谁知道这傻丫头出来找我啊，打了个出租车，直奔火车站，在路上被拉水泥的大车撞了，司机当场死了，于宁捡回条命。

“但头部受伤，智力也就十几岁孩子那样，话也说不清楚，头后面十几厘米的伤疤……

“你知道吗？哥，于宁跳舞特别好，英语也好，在学校那会儿还是系里的主持人，可你看看她现在，除了我，谁都不认识了。”

“兄弟，对不起，我没想到这样… …”

我当时特别尴尬，要知道是这样，我就不问了。

“没事，哥，都过去了，说出来也好点儿了。我就觉得上辈子吧，我跟我家于宁肯定没在一起过，不然这辈子她不会这么拼命跟我好。

“话又说回来了，好的时候，她父母不让我们在一起，如今于宁这样了，亲爹亲妈都不管了。你看我这手，是当初她爸拿刀砍的。”

我这才注意到尚楠的左手手腕处，有一条很深的疤，左手呈蜷缩状。

“左手算是废了，除了基本的拿放，什么都干不了。里面的筋断了，当时没觉得怎么样，后来也没办法了。

“我觉得这就是报应吧。当初我一意孤行地走了，撇下她，才会出这样的事。要是当初我没走，再坚持坚持，或许结局就不一样了。”

“以后你有什么打算？”我问。

“我父母年纪大了，管不了我，于宁的父母估计这辈子都不想要她这个累赘了，但我得要，她是我媳妇。”

不知道为什么，我听过那么多兄弟哥们儿叫自己女朋友为媳妇，可唯独尚楠那句媳妇，让我鼻子发酸。

我说：“兄弟，以后有什么事，你尽管说。虽说我不是什么达官贵人，但好歹也是一个能交心的朋友。你俩这么难，有难处一定说。”

“哥，我俩不难，有你这句话，老弟心里就够了。所有人都看我俩是下等人，好像只配做早餐，还要躲着城管跑。只有你把我当朋友，愿意跟我说话。

“哥，于宁的人生，本不该是这样的。”

“是啊，或许吧。”

4.

那个晚上，我跟尚楠聊了整整一夜。十二点多的时候我让尚楠把于宁送到我家休息，我俩继续喝酒。

记不清说了什么，只记得喝了许多许多的酒，就连楼上的居民都开始骂街说我俩扰民。我印象最深的是尚楠说的一段话：

“我除了于宁，什么都没有了，于宁除了我，也什么都没有了。你知道这是什么感觉吗？特别踏实，当两个人只有对方的时候，就是相依为命，为了对方的命，相依活着。”

尚楠说完这些话，就哭了起来，是那种号啕大哭。我知道，这些年他跟于宁吃了不少苦，也遭了不少罪，今天可能是他第一次说这么多话。我除了拍着他肩膀，陪他喝酒，什么都做不了。

后来我跟尚楠说，我租的房子还有一间空着，本来打算接父母过来的，但父母住不惯又走了。空着也是空着，你跟于宁就搬过来吧，房租不用付，每天给我做一个煎饼果子就成了。

尚楠死活不来，没办法，我只能说你要不来，那我以后再也不来买煎饼，这朋友就不交了。他争不过我，只能妥协。

我帮尚楠搬家的时候才发现，尚楠和于宁是怎样优秀的人。箱子里堆满了各种证书，英语六级，专业一等奖，论文比赛第一名，芭蕾舞冠军，长跑亚军……

如果说于宁不幸，注定要这样一辈子，那尚楠的人生完全可以重新开始。我问过他，为什么不去找个工作，以他的能力，完全可以有更好的生活。

尚楠只是笑笑说："那样，我放心不下她。她得有人照顾，我谁也不放心。怎么样都是一辈子，这辈子如此，是我自己选的。"

因为尚楠和于宁的到来，本来冷清的家也有了人气。晚上下班早的时候，我就跟尚楠和于宁一起去楼下忙活。我负责穿肉串，尚楠负责烤，而于宁负责坐在那里看着我们。

同事偶尔也会来我这里坐坐，每次看见我这样，他们都很费解，我也从不解释。因为别人的痛苦，并不是你的谈资。

早晨的时候，尚楠仍然做早餐，晚上做烧烤。他说想多攒点儿钱，给于宁看病。听说北京有家医院有更好的治疗方法，所以才选择来北京，想尽快赚钱，哪怕起早贪黑地忙着。

我突然有些羡慕尚楠了，他有爱情，有目标，有一个可以为之奋斗的人。而我们这些人的爱情，却仍然停留在某件衣服的价钱、去哪里旅游、今天应该看什么电影、吃什么饭的程度。这不是爱情，只是玩伴。

倒不是没有爱情，也不是爱情变少了，只是我们活得太安逸了，安逸得连爱情都不珍惜了。

5.

到了春天，于宁的头发长了许多，头后面的疤也基本看不见了。我叫来公司的女同事，带着于宁去美容院做保养。毕竟风吹日晒这么久，再年轻的姑娘也受不了。

下午人不是特别多的时候，女同事带着于宁回来了。于宁和尚楠的事，我只跟她说了。她把于宁带回来，交到尚楠的手里后，转身就哭了，眼泪哗哗地流。

经过我身边的时候说："多好的姑娘，怎么就这样了。"

我还没来得及看于宁，只见尚楠拉着于宁的手，先是笑着说我媳妇真好看，比谁都好看，然后就跪在地上抱着于宁的腿哭。

于宁始终微笑着看尚楠，用手慢慢地摸着尚楠的头，温柔又怜惜。

那时候我才真切地看清于宁是一个怎样的姑娘，齐肩的长发，白皙的脸庞，一双大眼睛格外明亮。就站在那儿笑着，看不出有任何的异样，可就是因为如此，才更让人心疼。

生命必须有裂缝，阳光才照得进来。

单单从那双眼睛里，仿佛就能看得见曾经那个优秀的于宁。

晚上吃饭的时候，我把尚楠拉过来，交给他一张卡。

“尚楠，我来北京时间不长，一点儿积蓄，你先拿着，算我借你的。给于宁看病要紧，不能再耽搁了。”

“哥……”

“什么都别说了，于宁这辈子不能就这样了。”

“嗯，我明白。”

钱并不多，仅仅三万块，但对于尚楠来说刚好够，因为在某个夜晚起夜的时候，我偶然听见尚楠对着于宁在自言自语：

“媳妇啊，还差三万块钱，就够手术费了，别急，很快的。”

朋友当初曾说我，你不怕他们是骗子吗？我说怕，好歹也是三万块钱呢，但又不怕，哪个骗子会用几年的时间卖早餐卖烧烤呢？于宁那么美好的姑娘，若是真没有病，倒也值得了。

如果可以，我多希望他俩是骗子啊。

一个月后于宁很顺利地接受了手术，手术很成功。虽然一直昏迷，但医生说一定会醒过来。

我跟尚楠仍然每天晚上出摊卖烧烤，轮流去陪护。那段日子真是度日如年，没人知道结果如何，或许就这样醒不过来了，也或许醒了，还和以前一样。

那时候，尚楠每天能抽掉几包烟。我知道他担心的是什么。如果手术成功也不过是恢复得比以前好一点儿，如果不成功，还不如以前的日子。可以前至少于宁还能陪着他。

我没办法过多安慰他，只能说一切都会好起来的。

6.

假如说世间真的有奇迹，我相信那天就是我唯一见证过的。

尚楠那天很早就收摊了，跟我说去医院吧，我想她了。我还逗他，不过刚分开几个小时而已。

尚楠到医院的时候，于宁仍然昏迷，和每天一样，各项读数都正常。尚楠搬了凳子坐在于宁的旁边，我靠在门口一边，听着尚楠的自言自语，他每天都那样，他说她听得见。

“媳妇啊，今天我不想赚钱，我就想见你。你知道你都多久没对我笑了吗？整整两个月了。虽然以前你从不说话，可你还能跟我笑，我就心满意足了。可我害怕再也看不到你跟我笑了，怎么办啊？

“媳妇你醒醒吧，我带你回家，再也不出摊了，咱俩结婚。

“我什么都没有了，只有你了，你若不在，我还能和谁相依为命？”

就在这时，于宁的手动了一下，眼睛慢慢地睁开了，寻找着声音。当看见尚楠的脸时，眼泪顺着眼角流向了耳边，像决堤了一样。微微地张开嘴，想要说什么，尚楠立刻把耳朵凑过去。我在后面真切地看到，尚楠的身体是抖的，手攥着床边，青筋暴起。

许久，尚楠慢慢地坐下，小声地哭泣，我没有多问，想转身出去。尚楠走过来，拉住我跟我说：

“哥，于宁刚才对我说，尚楠，我好想你。”

我这眼泪，也止不住了。等这一天太难了，不管是尚楠还是于宁，还能有这一天，太不容易了。

我没多待，把时间都留给他们。出了医院，我点了根烟。看着这北京城都觉得可爱了，路上的人们也好像显得不那么陌生了。

我一路笑着走回家，十几站的路程，竟未觉得累。

生活，还是他妈的很美好呢。

晚上我和尚楠喝得酩酊大醉，说了很多掏心窝子的话。尚楠说要离开北京了，带着于宁回老家，不管父母接受不接受，他都不会再让于宁跟他漂泊在外了。我说也好，至少以后安稳了，不用这么辛苦了。

两个月后于宁出院，见到我第一句话就是："哥……谢……谢……你。"

我猜得出来，这是尚楠教的，因为现在对于她来说，说话仍然不是一件容易的事。我说谢谢弟妹，很高兴认识你。

她好像并不认识我，而是对旁边司机大哥说的谢谢。但我还是高兴，毕竟一切都开始好了起来。

一个星期之后，我送他们上车，尚楠搂着我的肩膀说：

"哥，没有你，不会有于宁的今天，我不知道该怎么谢你。"

"自己兄弟，说这个见外了。"

"哥，以后早晨上班你咋办？"

"老样子呗，煎饼果子加豆浆。"

"那……这个应该够你喝几年的了。"

尚楠塞到我手里一个东西就跑上车了，没等我追上去，火车就开了。我打开一看才知道，是当初我给他的那张卡。很久之后，我用到那张卡的时候才发现，他还给我的不是三万，而是六万。

我不知道这六万块钱，他是怎么弄到的，但我相信，他一定是竭尽所能了。他不喜欢欠着人，他说过，这辈子就欠于宁一个人。

7.

尚楠和于宁离开北京后，很久都没有他们的消息，就像人间蒸发了一样。起初我也想联系他们，后来想想，或许是他们想忘记北京这一段生活吧，这一段太苦的日子。

走在北京的街头，仍然会看见许多早餐摊，有夫妻的，有带着孩子的，有各种各样的人，却再也看不见他们，我把所有相遇的陌生人都会当作他们。

我实在太想念陪我喝酒的尚楠，和那个总是微笑的于宁姑娘了。

我仍然会每天早晨固定去买煎饼果子和豆浆，虽然味道变了，但不影响我填饱肚子，就像这里每天都发生着什么，也结束着什么。

很幸运在那个时候，遇见了平凡的他们，平凡到卑微，在人群里不会被发现。在我最不相信爱情的时候，是他们教会我什么叫相依为命，什么是爱情，什么是一生一诺。

特别理解他们，所以忍住了打扰他们的念头。可有一天，一个陌生的号码打了进来，当时正在开会，我挂断了。

晚上回家的时候，我又回拨过去，接电话的人不是别人，正是尚楠，他跟我说的第一句话就是：

“哥，我要结婚了，你来不？”

听着尚楠电话那边人群的嬉笑打闹，想象着一屋子人的喜悦。我站在二十层的阳台上，看着夜晚的北京，脑子里回闪着那些与他们在一起的时光。

从此相信了那句话："坚持，一切都会变好，爱情也是。"

因为刚刚的出神，尚楠那边又急着问了好几遍：

"哥，我要结婚了，你来不？"

虽然尚楠看不见我的表情，我仍笑着说：

"今晚最后一班飞机，记得来接我。"

能救他的只有自己，有的人走出来了，他没有。

17

向阳，花开

我热爱这个世界，就像热爱我的生命，我打算带走我的生命，但我不会带走这个世界。我的下一次到来，一定是向阳花开，阳光明媚……

我听得见孤独

它时常对我说话

所以我不需要说话

因为有孤独

它不会离开我

永远不会

1.

这是初三的时候，秦一写的一首小诗，年少时的我无法理解其中的意思。只有班主任看得出来，秦一是一个不太合群的孩子。

秦一的父母在他三岁的时候离婚，他一直在爷爷奶奶家长大。如果说他和别人最不一样的地方，就是我们所有的集体活动，都不见他参加。

后来他所经历的事情和结果，或许在他父母离婚的那天就已经注定了。

运动会，植树节，春游……所有活动他都是留在班级里打扫卫生，开始的时候还有人问为什么，时间长了，大家也就习惯了。

只要有活动，我们都习惯把自己的东西交给他保管，因为他从不出错。我们很放心，但从没问过他要不要来。

秦一是一个挺好的孩子，学习也好，只是有些自闭。因为他的沉默，所有的老师都很默契地不去提问他，他也很自觉地把学习做得很好。

或许每个人的学生时代，班级里都有一个寡言的人，不爱说话，不爱参加活动，安静得就像隐身了一样，以至于毕业多年大家同学聚会，都没人想起。

初中毕业后，大家都分开了，自然就没了消息。听说他后来转学到别的城市读书，更是联系不上，何况也没人会联系一个连句话都没说过的同学。

后来没想到会在大学碰见他。他主动跟我打招呼，我竟想了许久都没想起来是谁，倒是他先开的口。

“我是秦一啊，小学班里最不爱说话的那个。”

“哦哦，想起来了，确实不怎么说话，你怎么在这儿？”

“考到这儿来了，你呢？”

“一样，哪个专业？我看看。”

“靠，咱俩一个班。”

就这样，我跟那个不怎么爱说话的秦一，再次成了同学。而他也似乎变了一个人，不再沉默，开始变得健谈起来。虽然有时候，会有小小的出神。

慢慢地我才知道，他其实没有变，他只是跟熟人才会说话。对于那些不熟的人，他仍然是沉默寡言。

但这种情况也有另一种好处，对于年少的初中生可能没什么效果，但对于大学校园里的姑娘们，却有很大的吸引力。

秦一长得很像朴树，瘦瘦的高高的，头发也遮住了眼睛，只是他不会弹吉他。单单从背影看，简直像极了朴树。我开他玩笑，以后就叫秦树好了。

而他只是笑笑。班级里的姑娘被他迷得神魂颠倒，各种追求，起

初他置之不理，后来可能觉得实在烦了，便怒目相对。

姑娘们开始时觉得他个性，时间长了，便没人再愿意在他身上浪费时间。后来也就没人喜欢他了，背地里都说他穷酸，清高。

我劝过他，既然已经大学了，干吗还压抑自己，找个女朋友不好吗？

他说：“很多人来这个世界必须做些什么，而我只是来一下而已。”

我说你真他妈有病，他笑笑，点头，指了指脑袋，的确有病。

2.

秦一把沉默转换成了文字。他在大学期间发表了很多文章，他从来不主动推荐给我，都是我自己找来看的。就连写文章都是用的笔名，也是在我逼问多次的情况下才说的。他的笔名特别怪，但请原谅，不能在这里公布。

他确实是个怪人。通常我和别的哥们儿喝酒，都是天南地北瞎侃。轮到他，只是两个人默默吃饭，默默碰杯，不知道的还以为两个爷们儿闹分手呢。

不过时间长了，我也就习惯了，这么多年他都这样。但他也只信任我，虽然不怎么说话，但说的话都是最心底的。

比如："我觉得对面的那个姑娘腿特别好，就是腿毛太多。"

"你看咱们导师今天又发火了，肯定内分泌失调，没有性生活。"

"我最近不开心，你别跟我说话，我懒得回答你。"

我也不知道是怎么忍受他的。但另一面，他的确是值得我交心的朋友，我所有的心里话、秘密都给他说过。

他的反应就是一个字："哦""嗯"。

基本上我说了什么，到他那儿就算是结束了，他不会对任何人说，所以我特别放心。

虽然大学几年都没有姑娘追他，但我知道他心里有喜欢的人——一个叫王茜拉的姑娘。

王茜拉是学生会副主席，身高一米七五，一双大长腿，而且没有腿毛，笑起来特别好看。很多男生都喜欢，秦一当然也喜欢，只是他不打算追她。

我问为什么，他说，反正最后都会分开。

他太悲观，我说你应该阳光一点儿。他说，有太阳呢，不需要我。

我说：“你活该单身一辈子！”

他说：“活该你们双双烦死。”

有一次在食堂吃饭，正好是4月1日愚人节，电视上放着纪念哥哥张国荣的节目。他放下手中的饭一直盯着屏幕，半晌说了一句话：

“我知道他为什么走。”

“为什么？”

“他不开心，既然活着不开心，何必活着。”

“你不是哥哥，你怎么知道他怎么想的？”

“确实不是，但我就是懂他。”

“……”

3.

我没再说话，我知道这种情况下，说什么都白搭。后来顺利毕业，我选择去北京，他选择去了洛阳，他说那里有他的魂。

期间断了一段时间的联系，再听说的时候，才知道他病了。

不是什么生理上的病，抑郁症，跟哥哥一样，只是他坚持了许多年。

我去见他的时候，他的状态特别差，脸上没有颜色，冒虚汗。见了我也只是动了动嘴角，招呼我坐下便不再说话。

我看见床上散落着稿纸。我扫了一眼，记住了其中几句话：

“那些细枝末节的情绪，就像夜里窗外的小雨滴，慢慢地轻轻地拍打我。我想找一个干净手帕，擦掉这些悲伤，可我没有手帕，我只有悲伤。”

“请你相信我，我是如此爱你，虽然它寂静无声。”

“门前台阶的缝隙里，长了一棵小草。它在努力活着，而我在费尽心机死去。”

“你向阳般地笑着，像是嘲笑我的沉默。”

如果说我还算是个有文采的人，那么秦一绝对是甩我千里的那种。我不知道是孤独给了他灵感还是他成就了孤独，总之他太多的句子都令人惊叹。

那段日子他过得并不愉快，我陪了他很久，以至于我的性格里在那时候也埋下了一颗阴郁的种子。跟一个人待的时间久了，确实会影响自己的性格。

我和秦一散步，陪他喝酒，他都是老样子。我问他，你究竟怎么了？

“我没什么，前所未有的好。”

“那你干吗这么封闭自己，怎么还得了抑郁症？”

“我并没有封闭自己，而是你们把自己展示得太多了。”

我无言以对。

“你知不知道这样下去会出问题的？”

“从小到大，我都是这么过来的，也没见我出什么问题。”

待了几天，秦一就催我回去，说他一切都好，让我不用担心。因为工作的原因，我也确实待不了太久，停留了几日，我便跟他告别，返回我的城市了。

走的时候，趁他不注意，拿走了他一本日记，很旧的样子。

回去的火车上，我翻开那本日记。那是他从小学就开始写的日记，没想到他竟然留到现在。

原来我并不了解秦一，甚至说从未了解过。

“天气晴朗，同学们玩得开心，我看着他们开心。”

“今天小雨，他们又出去参加活动了，我想去，可没人叫我。”

“我不爱说话，不代表我不想说话，可没有人过来跟我说话。”

“你看他们笑得多开心，我也跟着笑，没人看见，我是在心里笑的。”

“我心里有个小门，没上锁，你只要拉一拉就会开，可怎么没人来拉。”

整个小学期间，秦一的日记都是一种近乎哀求的语气。原来他一直如此渴望有人看见他，有人能帮帮他，可所有人都觉得他还好，他喜欢那样。

后来的部分他已经习惯了冷漠，习惯了抛弃。

“别来跟我说话了，我不孤单，我很好。”

“你们是你们，我是我，我不需要。”

“你们越是笑得放肆，我越觉得你们可笑。”

“假如生命只有一天，我不会用它来说话，也不会用它来爱你。我只是想安静地看一看这个世界，然后没人在乎我的来到，就像没人在乎我的离开。”

这是他最后的一段文字，我似乎预料到了什么，又似乎错过了什么。

“无人知晓”

你藏在我的文字里

请你相信我，

我是如此爱你，

虽然它寂静无声。

下车后我立刻给他打了电话，我说你还好吗？他说，我一切都好。

我说："可是你不开心啊。"

他说："这么多年，不都是这样过来的么？"

许多事都是后知后觉的，就像在很久以后，我才明白他那天说的话。

4.

2011 年下半年，秦一自杀了，在自己的出租屋里。

最先发现他的是房东，骂着晦气。警察来了后检查了一下屋子，最后定为自杀。至于自杀的原因和方式，我不得而知。

但秦一的确死了，没人知道，就像他活着的时候，没人知道一样。

只不过用了不同的方式而已。他不知道我拿走了他的本子，如果知道会不会觉得安心些，至少他那些心底的秘密还有人知晓。

他走后，我很长一段时间都恍惚觉得他还活着，活在一个角落。

2012 年 3 月 18 日，微博上的一个姑娘自杀了，同样是抑郁症，她叫"走饭"。

我一直觉得，那些绝对孤独的人，骨子里是不希望孤独的。就像秦一，就像走饭，从他们仅有的表达看得出来，他们希望有人看见他们。

跟他说话，跟他微笑，告诉他生活很美好，请你不要放弃。

可最后，人们都是忙着自己的生活，忙着推杯换盏，忙着笑语欢颜。一些人走了，一些人来了，本质上生活不会改变，因为他们与我们从不相干。

可真的会一点儿关系都没有吗？那些精灵般的文字，那些细微的情绪，除了他们，还有谁能写得出来？

“躲了一辈子的雨，雨会不会很伤心。”——走饭

“醒醒，我们回家了。”——走饭

“我踏上的每条路，都叫迷路。”——走饭

请原谅我自私地把你这些文字写出来，不知道你不会介意。但我想，像你这样的姑娘，只会一笑而过，因为你连自己都不在意。

我不知道秦一认不认识走饭，如果他们相识，或许就不会有这样的结局。两个伤心的人在一起，可能就不那么伤心了。

写到这里，外面下起了雨，很大，我不知道是秦一难过了，还是走饭又难过了。我无法用普通人的理解去感受他们，我只是有些难过。

没人知道他们来过，知道的人也会在不久的将来忘记他们。

后来我翻看了许多走饭的文字，才华和灵气让我汗颜。当许多人自诩为作家的时候，并未看见他们写出多好的文字。

相反，秦一，走饭，随便的一句话就能让人思考许久，而我不能。

假如孤独和才华，任选其一，许多人会选择才华。可他们没得选，他们只想要普通人一样的生活，有朋友，有爱人，孤独和才华从不是他们想要的。

秦一没有微博，如果有，他一定是最火的博主。走饭有，即便她已经走了那么多年，最后一条微博下面，仍有许多人每天留言。

走饭的微博就像是一个树洞，那些人把自己的开心和不开心，难过和不难过，都说给走饭听。

我固执地想，如果走饭知道了，应该会高兴吧，有那么多人还记得她，即便那是她的最后一条微博，看起来如此轻松的告别，却让人

怎么都无法释怀。

那条告别的微博，是这样写的："我有抑郁症，所以去死一死，没什么重要的原因，大家别在意我的离开。拜拜啦。"

可是，最后大家还是很在意啊。

5.

其实每个人心里都有难过情绪，或许只是一瞬间，也或许只是在晚上的时候。我们管这种情绪叫感性，也叫矫情。

只是秦一他们这样的人，心里是一直难过的。他也想让自己高兴起来，让自己走出去，他尝试了很多次，仍然无法解脱。这不是疾病，可也是疾病。能救他的只有自己，有的人走出来了，他没有。

我也终于明白，那天在食堂秦一说的那句话。他是理解哥哥的，既然不快乐，为什么还要继续下去？他们只是想试一试，或许到了那个世界，就快乐了。

秦一走后的两年里，我始终无法真正高兴起来。经常想起曾经的画面，比如小时候，我们出去玩，他总是盯着看。我们把东西交给他，他总是紧紧抱着。我们回来跟他打了招呼，他也是笑着回应。

我想，他心里一定很难过，为什么我们没有多说几句话，为什么每次没有多邀请他几次，他可能只是羞涩，只是不好意思。

我记得他说："我不是真的难过，我只是不那么高兴罢了。"

去年，秦一的爷爷奶奶也相继去世了。我希望他能高兴起来，至少在那边，他不再是一个人。

这是秦一的故事，一个我唯一敢说有结局的故事。

他并不是一个人。在这个世界上有太多的抑郁症病人，他们努力地活着，付出常人百倍的辛苦，尝试着融入这个社会。

几年过去了，对于秦一的离开，许多人都已经淡忘了。没人再提起他，就连同学聚会，也不过一句带过。

“听说了么？咱们班上不爱说话的那个，自杀死了。”

“还真不知道，不过对于他这种人，死了或许是解脱吧。”

“好了，来来，继续喝酒，不说这个了。”

你看，生活从来就是如此，一个人的离去和来到，不过是一小部分人的喜悦和悲伤。我们都不是什么伟大的人，不要太看重自己，也别太看轻自己。

故事说到这里，似乎忘了一件事情。本觉得无关紧要，但想想还是写出来吧，秦一你若不太高兴，那也只能这样了。

待我百年之后，我们见面，你一并找我算账好了。

其实秦一的那本日记并没有写完，只是突然断了，我看完所有的内容后就压在了书柜里。

一个我想起他的晚上，拿出再次翻看的时候，偶然发现最后两页是有文字的，只是用铅笔写的，字迹已经不那么清晰了，当年才会疏漏。

我趴在书桌上，把本子贴近台灯，仔细辨认。

秦一是这样写的：

“我热爱这个世界，就像热爱我的生命，我打算带走我的生命，但我不会带走这个世界。我的下一次到来，一定是向阳花开，阳光明媚……”

这么多年过来了，我并不孤单，有萨仁陪着我，

有巴棋苏木的月光陪着我。

18

巴棋苏木的月光

你要感谢，在你如火如荼的生命中，总会有那么一个人，因有他的存在，而惊艳了你的年华。

1.

姑奶名叫慧兰，是我爷的妹妹。兄弟姐妹六人，姑奶是最小的，曾生活在内蒙古锡林郭勒盟西乌珠穆沁旗巴棋苏木。

巴棋苏木是一个像天堂般的地方，姑奶在那儿生活了一辈子。起初家里人想接她回去，但她死活不肯，只给家里说了一句话：

“我得在这儿陪着萨仁，他说过，有巴棋苏木的地方就有他。”

萨仁，我的姑爷爷，姑奶的爱人，我一辈子都未曾见过的人。

年初，姑奶生了一场大病，给家里人捎信。因为路途遥远，平时的走动也是不多。以至于我第一次知道，自己还有个姑奶在那么遥远的地方。

家里的很多长辈都打算动身，我做晚辈的，自然不能不去。权当是给自己放了一个小假，出去旅旅游散散心。

家人也知道，如果这次不去，以后可能就真的没机会再见了。

去的路上，家里人跟我说，姑奶是23岁嫁过去的，除了中间回来取户口本，就再也没回来过。虽然家里并不是什么大户人家，但好歹也是城镇户口，姑奶的父母也是不想自己姑娘吃苦。

我对于这些多少有所了解，但我唯一好奇的是，姑奶怎么会认识相隔万里的姑爷爷，又是怎么相爱的？

几天的旅程奔波，让本就没怎么出过远门的家人，更显得疲惫不堪。

下了火车，又倒了汽车，汽车下车后又坐的马车，辗转多次，终于在夜里10点多，到了目的地。

姑奶家跟我想的完全不是一个样子。我觉得应该是那种传统的蒙古包，大家围坐在一起，中间是火炉，喝着酥油茶。后来证明，我的确是电视看多了，现在很多牧民家里也不再是蒙古包了。

传统的蒙古包只有特定的几处，而且也都成了旅游景点，不知道算是进步，还是倒退。

姑奶躺在床上，看上去精神还算不错，招呼大家坐下，拉着家里人的手，舍不得松开。毕竟已经快十几年没见，再见都不知道什么时候。

因为我从小就没见过姑奶，所以感情并不是特别深。姑奶虽然年老，但眼睛特别有神，仍能从那张苍老的脸上，看得出年轻时候的样子。

姑奶把我叫过去，问了些生活上的事，还有工作。当问到感情的时候，我借口说出去抽根烟，搪塞过去了，因为那段日子刚好跟前女友分手，所以不想说话。

巴棋苏木的夜晚特别好看，那次以后，我便再也没见过那么干净的夜空了。星星就像伸手就能触到一样，也特别宁静，甚至让你想不起来还有烦恼。

晚上吃饭的时候，姑奶才说为什么把大家都叫来。

2.

半年前，姑奶就已经查出是肝癌晚期，之所以没说，是不想给大家添麻烦。儿女要带着姑奶去治疗，姑奶死活不去。她说一辈子这样都过来了，不想老了老了，遭那份罪。

最近身体每况愈下，自觉时日无多，想把大家叫来一起聚聚，也算是了了一桩心事。

说完这事，大家沉默了很久，姑奶看大家都不说话，便笑着说：

“今年都 70 多了，活得够久了，没啥遗憾了，快吃饭吧。”

那是一次极其难以入口的饭局，并不是不好吃，而是所有人心里都压着一块石头，扔不下去，也提不上来。

第二天早晨起来的时候，看见姑奶在另一个屋子里自言自语。我小心地贴过去，好奇地以为是供奉了什么。

原来那个屋子是姑爷爷的，里面放着姑爷爷的遗像，是年轻时的照片，特别的帅，放到现在也是一个标准的型男。姑奶轻轻地说着话：

“萨仁，我知道是你想我了，我已经好多年梦不见你了。

“我老了，样子也变了，但那颗心还是老样子。

“孩子们想让我继续治疗，可这是没有意义的事，只是再拖上几年罢了。

“而我想早点儿见到你……”

我听得难受，转身想走，没想到姑奶这时候开门了。从她的眼角看得见泪痕，我佯装刚刚路过，打了招呼便走了。

萨仁，也就是我的姑爷爷，在多年前就去世了，听说是一场意外。

但家里人不经常往来，当年的通信又不发达，具体原因，谁也不知道。

我有些好奇这位不曾谋面的姑爷爷。晚上的时候，姑奶一个人坐在院子里。我搬了板凳坐过去，给姑奶点了根烟后说道：

“姑奶，萨仁……爷爷是一个怎样的人？”

姑奶看了我一眼，抽了几口烟。

“这孩子，你还想知道这个？”

“是，特别想。”

“容我想想，那是很多年以前了……”

3.

当年知识青年响应毛主席的号召，上山下乡，接受贫下中农再教育。当时两个选择，一个是东北的林场，另一个是内蒙古的巴棋苏木。当时还是姑娘的我，觉得东北太冷了，内蒙古又太远了，也不知道巴棋苏木是哪里，衡量了许久最终还是选择了巴棋苏木。

或许是冥冥之中注定了什么，也或许是我上辈子就是出生在蒙古的这片草原。若是没来，也就不会认识你的姑爷爷了。

当时在巴棋苏木有两个知青点，我分在了离巴棋苏木最近的那个，也是在那个地方认识萨仁的。

每天早晨我们的工作就是开荒种地。经过几天的劳动下来，在城镇里生活久了的知青们，早就没了当初的热血。

所有人都坚持不下去了，吃得也不好，晚上睡觉的时候浑身酸疼，手也磨破了皮。想到从来没吃过这样的苦，我在夜里不知道哭了几次。

萨仁是负责我们知青点的队长，平时接触不多，只是觉得这个小伙子很结实，黝黑的皮肤，一双炯炯有神的眼睛，特别纯朴。

一次野外劳动，也不知我是怎么了，可能是营养不良，就昏倒在地上。

是萨仁跑过来，背起我跑到卫生所，整整十里地，一次也没休息。送到卫生所时，满身的汗，顺着衣服滴在地上。

在那样的一个环境下，能有一个人这样对自己好，是不敢想象的。

我也是那个时候起开始关注这个黝黑的小伙子。后来每次出去劳动，他都是背着别人帮我分担，我像是找到了依靠。

因为一开始语言不通，我们无法交流，只是通过对方的笑和眼神体会意思。

在一次篝火晚会之后，萨仁拉着我的手跑到了后山坡。我们一起躺在草原上，看着天上的星星，我觉得那是我这辈子最美的时光。

我问萨仁，你的名字是什么意思。他指着天上的月亮告诉我，萨仁在蒙语里的含义是月光，他的母亲希望他一辈子都能像天上的月亮一样，朴素平淡稳稳当当地过一生。就这样，我和萨仁在巴棋苏木的那个晚上伴着月光，牵手入眠。

后来的日子，平淡里伴着甜蜜。萨仁的普通话也越来越好，他经常用不太标准的普通话告诉我，他爱我，喜欢我，想照顾我一辈子。

我突然觉得当时选择来到巴棋苏木的决定是对的。

好景不长，我和萨仁的事，被组织发现了。不但取消了我回城的资格，还连累了萨仁，把他的队长职务撤掉后扔到了牛棚里喂牛。可即便这样，每天短短的相遇也足以让我们珍惜。

他经常挨饿，因为批斗不断，睡眠也不好。我经常把省下来的干粮藏在草堆里，这样他喂牛的时候就能拿到。

那段日子虽然艰苦和绝望，但只要能看见萨仁，我就心满意足了。

4.

后来因为萨仁的表现足够好，而我们的接触又不多，组织上又恢复了他的队长职务。因为对于开荒种地来说，知青点确实没有谁比得上他了。

每天仍旧是辛苦的劳动，少了萨仁的陪伴，我只能自己扛着。手上的血泡磨破了就继续磨，终于也有了茧子，不那么疼了。

萨仁每天干活回来，都会来我这里跟别的知青打牌聊天，但从来不跟我说一句话，我知道现在我们不能有任何交流。

但每次萨仁热烈的眼神都会让我心神不宁，因为我分明从他的眼

好好生活，好好学习，我不等你了。

睛里看出了想念，看见了煎熬。

终于在某一次要离开时，萨仁从我的身边擦肩而过的瞬间，塞到我手里一张字条。我一直捏着不敢看，等所有人都睡着了，我才从手里拿出那张被汗水浸湿的字条。

上面写着："慧兰，我觉得我的心已经快被巴棋苏木草原上的蚂蚁吞噬了，我不能再忍受见不到你的日子。我亲爱的慧兰，我想让你知道，我是如此热烈地想你，就像巴棋苏木夜晚的月光一样，随时随地，无时无刻地想你。”

字迹歪歪扭扭，看得出来，萨仁是查了很多字典才写出这段话的。其中也有很多错别字，至今，我仍保留着那张字条。

后来就好了，国家恢复高考，知青终于有机会回家了。

但接下来要面临一个很重要的问题：如果我参加高考，我就会离开巴棋苏木，离开萨仁；如果不参加，我可能一辈子都回不去了。

萨仁看出我的担心了，他找机会就给我塞字条，告诉我，要参加高考，要改变命运，不要在这里待一辈子，他不重要，我才重要。

说实话，那时候我是矛盾的。一方面我想回家，一方面又舍不得萨仁，后来是萨仁的诚恳让我决定参加高考。

一天晚上，萨仁不顾外人的眼光和口舌，来到我的宿舍，当着我的面用他带着口音的普通话对我说：

“慧兰，你一定要参加高考，我会等你，如果你愿意，我会等你到巴棋苏木的月亮不再升起，哪怕整个巴棋苏木的夜里都是黑暗，我都会等你。”

就这样，我选择了参加高考，成绩出来后，我如愿考上了大学。

萨仁在巴棋苏木依然当着他的队长。回家后我和父母说了我和萨仁的事，家里只有一个意见，准备好上学，然后忘了萨仁。

其实一开始我是自私的，我觉得我要开始另一段人生，我不应该再回去过那种苦日子。我听家里的话，老老实实地去上学，断了一切跟萨仁的联系。

因为大学在北京，萨仁即便想找我，也找不见。整整两年，我没和萨仁有一点儿联系。后来是萨仁的同乡来北京办事，捎给我一句话：

“好好生活，好好学习，我不等你了。”

也许是那时候被大学生活包围着，萨仁的这句话终于让我把心里的负担放下了。我承认那时候的自己很自私，可是在那个年代，爱情和命运，我只能选择最有安全感的那个，即便萨仁如此爱我。

5.

要不怎么说上天是公平的呢，大二下学期，家里发生了很大的变故，先是母亲住院，后是父亲出车祸。亲戚朋友借遍了，也没凑够医疗费。

我不知道谁告诉萨仁的消息，也不知道萨仁是怎么找来的，反正他就是那样突然地出现在我家门口，风尘仆仆的样子，喘着粗气跟我说：

“慧兰，我来了，就没事了。”

萨仁把他家的三百只羊和五头牛都卖了，把所有的钱都拿来了。我没打算要，可萨仁执意要给，而且如果不拿又没有其他的办法。

我感谢萨仁，但又觉得对不起他。我说了我会尽快还，他只是笑笑。

后来母亲和父亲身体也无大碍了，我和萨仁一起接父母出的院。父母知道了事情的经过，都对萨仁充满了感激。可感激归感激，父母仍是舍不得我回到那个地方。

萨仁很清楚情况，在父母出院的第二天，就悄悄回去了。

回到大学的时候才知道，萨仁是瞒着家里人卖的东西，那几乎是他们家的所有了。两年来，我第一次为萨仁流泪。

我决定不辜负萨仁，这不是感恩也不是施舍，仅仅是我曾经一晃神之后的清醒，也明白了一个女人想要什么。

大学毕业后，我没跟家里商量，直接回到巴棋苏木。萨仁家原来住的房子已经卖了，辗转才找到他们一家，住在一个破旧的房子里，萨仁正在院子里喂牛，看见我来了，呆呆地站在那里。

透过他黝黑的脸，竟然看得出他脸红了，然后他眼泪一下子就出来了，像个孩子一样，搓着手站在那儿哭着。我也哭了，站在他的对面，互相哭着。

一句话也没说，但也不需要说什么了。

三天后我们就结婚了，因为没有户口本，我带着萨仁回家去拿。一进门父母就打了我两个耳光，问我到底是要这个家还是要回去，我说，回去。

父母甩给我户口本，我拿了就走，这一走，就是十年。

不孝啊，现在想想，父母也是心疼我，而我为了赌气，竟十年没联系他们。虽然最后他们也接受了萨仁，可中间丢失的十年，是怎么也找不回了。

就这样，我和萨仁在巴棋苏木举行了隆重的婚礼。当时知青点的同学都回来了，大家欢声笑语回忆过去，向往着未来。

也有人可惜我回到这个地方是浪费人才，但怎么会浪费呢。这里有太多的孩子无法上学，甚至连个学校都没有。

那天以后，我和萨仁就办了一个学校，巴棋苏木的孩子也终于有地方读书了。三年后我们的第一个孩子出生，然后是老二，再是老三。

萨仁每天都喜欢听我讲课，他说我讲课的样子像草原的公主一样好看。我讲了三十年，他看了三十年。

如果不是那次意外，我想他一定会看一辈子的。

6.

那次是因为学校里木头没有了，马上就快冬天了，萨仁开着拖拉机去镇上买木头。在回来的路上，下起了大雨。车开进了沼泽里，萨仁为了木头和车努力到最后，人跟车全都沉没在了那片沼泽里。

活不见人，死不见尸，就这么把我扔下了。

可我不能倒下啊，萨仁说了，巴棋苏木是个好地方，但不是孩子的好地方。他们一定要走出这里，外面才是他们应该在的地方。

就这样，我带着他的思念和寄托，一直教到教不动的那天。

因为我知道，每次讲课，萨仁一定会在这里。他说过，巴棋苏木的人如果死去，灵魂不会上天堂，也不会下地狱，他会陪着生前最在乎的人。

陪到最后一刻，两个人，一起走。

所以这么多年过来了，我并不孤单，有萨仁陪着我，有巴棋苏木的月光陪着我。我也等到了最后一刻，他来接我走，就像当年我带他回家一样。

好了，说了这么多，我也累了，我得进屋再跟你姑爷爷说会儿话了。

7.

姑奶是在冬天走的，没遭什么罪。

早晨起来的时候还喝了一碗牛奶,吃了点儿东西。下午还特别精神，说出去走走，去了曾经的学校，又去了当年的知青点。晚上回来的时候说有些累了，明天别太早叫我起来。

第二天早晨发现的时候已经走了。姑奶一辈子经历了不少，也是我们整个家族里第一位大学生，第一位教师。这对一个老人来说算得上善始善终了。

姑奶等这一天，等了十几年，所以我们都替她高兴，也替那个我未曾谋面的姑爷爷高兴，这样他们就不会再分开了。

有些地方，对于我来说，仅仅是一个地名。可一旦这个地方有了与我有关的故事，就会变得意义不同。

就像巴棋苏木，如果不是因为我的姑奶慧兰，我一辈子都不会来到这个地方。也不会知道这片草原上，曾经有过那么一段干净的爱情，一个叫萨仁的青年爱上一个叫慧兰的姑娘。

萨仁的爱情就像生活中丢失已久的诚恳，热情却含蓄，奔放又克制。

对于姑奶的离去，家人其实并不那么悲伤，毕竟早就做好了心理准备，更何况姑奶也早已看开。

因为我们都知道，在巴棋苏木的草原上，那个叫慧兰的姑娘，去找她亲爱的萨仁了……

那些心里兵荒马乱的人，嘴上却是一言不发的。

19

我去找你了

我没有什么可以给你，我只有这一辈子，
你活着我陪你，你死了，我守你。

1.

花婶疯了，在我认识她之前就疯了。

花婶是我儿时在农村仅有的记忆。之所以叫她花婶，是因为她经常穿着一件上面绣着很多花的衣服，那时候并不知道是什么，后来才知道，当年她穿的衣服，名叫“旗袍”。

她是那个小村庄里唯一被人所熟知的人，只因她是个疯子。其实她只是跟常人不同，她喜欢笑，经常独自坐在村口的桥头上笑。

她从不打人，对小孩尤其好。

每次都能看见一群孩子围着她，她总是嘿嘿地笑着，然后从兜里拿出不知藏了多久的糖，分给我们。我们都不怕她，因为没觉得她不正常，就是不说话，但总是笑着。

她总是坐在村头的那座石桥上，偶尔会听见她哼着曲儿，很好听，但不知道唱的是什么。总觉得花婶不像是疯子，她太安静了，安静得像一座石像。

可她又确实疯了，见到穿中山装的男人就会手舞足蹈，把村子里的男人吓得再不敢穿了。

花婶无儿无女，在我儿时她就已经快五十了。她身上虽然脏，但手和脸却一直干干净净。村里的人都说，花婶是个讲究的人，听不出是戏谑还是赞美。

那时候人都淳朴善良。每到冬天，村里的人都会给花婶送去棉衣棉被。她只是对来的人笑着，不说话。很多人都说她是哑巴，但我不这么认为，因为我听过花婶唱歌，虽然没人会信。

平时花婶是不出门的，只有每月的双日子才会出门，没人知道为什么，也没人关心。

逢年过节，花婶总是把自己收拾得干干净净，头上还会戴上一枚在那时候没见过的发卡。村里的长舌妇总会说，花婶是想男人了，想再找一个。

每当这种话不小心被花婶听见的时候，她都会用一种令人恐惧的眼神盯着你。直到你被盯得发毛，心虚害怕，转身逃走。

世上总是有许多正常人，自诩为好人，把那些与我们不同的人，划为异类，本能地躲着。

花婶心善，村里的小猫小狗，她都喜欢，会把平时吃不完的干粮分给它们吃。

每次经过她家院子的时候，都会看见她安静地坐在院子中间，四周围着猫狗。看起来和任何一个农村的老太太没区别，但好像又有区别。年幼的我，自然无法分辨那是一种什么区别。

后来才明白，花婶带着一种与生俱来的区别于旁人的气质。

有一年村里发洪水，我跟几个伙伴跑去河边捉鱼，河水突然猛涨。我来不及跑回去，就在水将要没腰的时候，花婶不知道从哪儿出来的，一把把我拽出来，拍着我的头笑眯眯地看着我，然后又捏捏我的脸，转身走了。

事后家里人以及村里的老少，都去花婶家登门感谢，花婶受宠若惊，但也只是笑笑。

第一次进花婶的家，丝毫看不出是一个疯子的家。整整齐齐干干净净，所有的物品都有顺序地摆放，就连平时穿的破鞋，都被整齐地

花婶像是被遗忘在这个世间的人，孤独又绝望地活着。

放在墙边。

大家都在窃窃私语，议论花婶究竟是不是疯子。如果是，这没办法解释，如果不是，她又看起来是。所有人都不解，可又问不出个所以然来，后来也就败兴而归了。

2.

自从花婶在水边救了我一次，花婶在村里的地位，和别人对她的态度，完全改变了。

花婶在路边溜达的时候，走到谁家门口，正当饭点的时候，都会拉着花婶去他家吃饭。他们都说花婶心善，对这样的人好，会得福报的。我不知道那时候的他们是真的想对花婶好，还是仅仅为了无法证明的福报，但至少，那几年花婶过得不算差。

直到后来，村里很多老人去世了，年轻的又都去外地打工，花婶的日子越发不好过了。

好在村里给上了劳保，勉强能度日。再后来，因为我去县里读书，全家搬离了村子，自此再没有了花婶的任何消息。突然记起花婶，也是因为跟家里人吃饭偶然聊到的。

家里的长辈说，花婶的一辈子命太苦了，也活得太真了。

我央求继续讲下去，这才有了后来的故事，一个遥远却又真实发生过的故事。

花婶本名叫杨婉仪，是个大户人家的姑娘，早些年家里是做山货的，方圆百里的大商户。后来不知怎么了，家道中落，没办法了，才举家搬到了村里。父母亲因为受不了这么大的变故，几年以后，便双双去世了。

当时村里的校长看着可怜，便收留她，留在村里的学校教书。因为村里的孩子太多，花婶一个人忙不过来，校长又去镇里请来了一个男教师，名叫宋青然，大家都叫他宋先生。

学校里就两位老师，花婶年少时据说也是貌美如花，毕竟是大户人家里的小姐，俩人日久生情，便私订终身了。婉仪唤宋青然为先生，宋青然唤婉仪为小姐，俩人找了村长做证婚人，选了一个黄道吉日就把婚给结了。

结婚一年多后婉仪怀孕了，但因为劳累过度，孩子没保住。可能第一次的精神刺激，就是从那时候开始的。宋先生在家陪着花婶，半年多的时间，她才从阴影里走出来。

长辈说，记得当年花婶跟宋先生一直相敬如宾。村里大多数的夫妻都会因为一些鸡毛蒜皮的小事，打得鸡飞狗跳的，但从没见花婶跟宋先生拌过嘴。后来村里的妇女每次吵架，都会说你看看人家宋先生，而男的都会说，你看看人家杨婉仪。

不知不觉中，花婶和宋先生成了那个年代里的模范夫妻。

宋先生喜欢音乐，平时没事的时候喜欢吹吹笛子，或者哼几首民国时的老歌。

花婶也喜欢，求着宋先生教她，那段日子整个村子都能听见俩人的对唱。村里人觉得，这两个人，真把日子过到天上去了。

因为宋先生是个文化人，穿着打扮都与村里的人不一样，永远是笔直的裤子，板板正正的中山装，戴着一个圆圆的眼镜，像极了民国时的书生。

有天夜里，外面刮风下雨，宋先生担心学校的课桌被水冲走，打算去一趟。临走的时候，跟花婶说去去就回，可这一走，就再也没回来。

宋先生是路过村里的石桥时，被水冲走的，三天后才在下游的村子找到宋先生的尸体。

没人敢让花婶看，但花婶执意要看，推开拦着的人群趴在了宋先生的身上。

没有哭声，没有喊声，只是眼泪像断了线的珠子一样，不停地掉，滴在宋先生的身上。

花婶边哭边把宋先生的衣服整理好，把领子、袖口、衣兜都整理平整。然后把宋先生的头发擦得干干净净，握着宋先生的手，静静地坐着。

长辈说，后来大家都走了，宋先生也安葬了，可花婶还是会每天都去村口的桥头等着，像在等先生回来。

不久后花婶大病一场，清醒之后就再没说过一句话，只是笑着。然后在街上看见有穿中山装的男子，就拦下来，仔细地端详，然后又手舞足蹈地笑着。

大家都觉得花婶疯了，而只有花婶自己知道自己是怎么了。

3.

“我没有什么可以给你，我只有这一辈子，你活着我陪你，你死了，我守你。”

自从宋先生去世后，花婶就独自生活了，没有亲戚没有朋友。逢年过节都是花婶一个人，她守着宋先生的房子，以及家里的一切。

她觉得宋先生没走，还会回来的，因为宋先生当年走的时候说过，去去就回。

可就这四个字，花婶整整等了三十六年，风雨不断。本来村里是打算把桥拆了，重新修一座水泥桥，但是怕花婶难过，这事一拖再拖，终是没修成。而花婶依然每天等着宋先生，唱宋先生教她的曲子。

花婶一辈子没有再婚，她守了宋先生一辈子。后来长辈说，当年宋先生走了之后，仍是有不少人来提亲的。花婶虽说是个柔弱的姑娘，但也是个刚烈的女子。只要那些提亲的人来，花婶就拿刀在自己胳膊上划一刀，来一个划一刀，来两个划两刀。

后来提亲的人都被她弄怕了，谁也不敢为了提亲把人命搭上，从此以后就再也没有人来提亲了。

花婶像是被遗忘在这个世间的人，孤独又绝望地活着。

后来花婶的精神状态越来越不好，穿着那件旗袍，漫无目的地游荡，像是在找什么。那件旗袍是她和宋先生结婚的时候穿的。虽然有些旧了，但仍能看出是一件上好的旗袍。

那个年代，一个疯子穿着旗袍，会让人们从最初的同情变为最后的嘲笑和讥讽。好在村里还是有一些厚道人家，一直对花婶照顾有加。

那时候的我们，经常会围着花婶问这问那。但花婶从来都不说话，只是笑着看我们，然后教我们写字，那个时候应该就是她精神状态最好的时候了。她情绪平稳的时候更像一个饱经沧桑的女人，长时间地望向远方。

花婶有一次满村子地跑，边跑边哭，手里拿着黄纸。一开始村里人不知道发生了什么，后来才明白，花婶是想给宋先生烧些纸钱。可花婶手里拿的哪儿是黄纸啊，都是人家烧过，没有完全燃尽的。

在场的人都哭了，每人凑了些钱，给花婶买了黄纸，送她到宋先生的坟前。花婶好像突然清醒了一般，来到坟前时，像换了一个人，轻轻地走过去，整理好头发，慢慢地拿出纸，仔细地烧。脸上看不见悲伤，但仍能感觉到她的难过。

花婶用袖子轻轻地擦着宋先生的墓碑，一点点拔掉杂草，然后坐在那里，对人群摆了一下手，告诉大家都散了吧，她想在这儿待一会儿。

自从给宋先生上过坟后，花婶不像往常那样爱笑了，有时候长久地坐在某一个地方出神，不知道在想什么。终于有一天，大家发现，花婶失踪了。

虽然平时在村子里，花婶是一个可有可无的存在，只能在特定的情况下，才会让人同情或者可怜。但花婶已经连续三天没有出现在村里了，去她家也没有发现任何踪迹。

后来有人提出会不会花婶去了宋先生的坟地，大家好奇地去找，果然花婶倒在了宋先生的坟旁。

她三天水米未进，奄奄一息地趴在那里。大家请了后村的赤脚医生，费了很大的力气才把花婶救活。

花婶对于自己被救的事，显得出奇的愤怒，她只想跟宋先生走，可村民不能见死不救。

对于这段记忆，长辈也记得不太清楚，后来搬家，也就失了音信。

4.

可花婶还是死了，在一个秋天，飘着树叶的季节。

我知道消息已是一年后了，因为多年未曾回去，故乡的消息总是来得迟些。

多年没回老家，打算找时间回老家看看亲戚，毕竟这么多年，也该回去看看了。

我是半个月后启程的，车驶进村庄时，发现村口竟然有两座桥。一座是当年的石桥，只能两人通过，就连汽车都无法行驶。

而另一座是新桥，水泥的，宽敞气派。桥头写着名字“宋桥”——应该是为了纪念宋先生。

我突然鼻子一酸，想来花婶泉下有知应该也会欣慰，毕竟那条宋先生回家的路，仍然在。

晚饭的时候，跟亲戚聊天，才知道花婶的死因。

去年的秋天，村里的菜园都过了最后的收获时间。花婶因为腿脚不好，已经很久不出来了。

那天听说阳光特别好，多日不出门的花婶拄着拐杖，慢慢出门了。经过的人都跟花婶打着招呼，花婶也都是笑着经过。走到村口石桥的时候，花婶慢慢地坐在桥头，拿着拐杖轻轻地敲着石桥，嘴里哼着曲子。

去镇上赶集回来的人很多，经过花婶身边的时候，都停了下来，因为他们已经很久没见花婶出现在这里了。

村里的一些人，似乎已经习惯了，每天出村都能看见花婶。人人都会跟花婶打招呼，问好。

先 生 ， 婉 仪 不 等 你 了 ， 去 找 你 了 。

花婶坐在桥头，看着桥的那边，哼着曲儿，敲击着石桥。

突然花婶说了一句话，声音不大，但在场的人都听得真切。

花婶说的是：“先生，婉仪不等你了，去找你了。”

说完，花婶便靠在了桥边，人就走了……

他们都说，花婶没哑巴，她只是在宋先生走后，就不再说话了。没人知道为什么她要这样做，几十年的时光，她就这样沉默着。

后来，我似乎理解了花婶当初的选择。因为宋先生走了，那个值得说话的人没了，剩下的人，就都不值得说了，索性就一辈子不说了。

村里给花婶举行了大葬，村里所有的人都为花婶送行。大家抬着棺材经过村口的时候，停留了片刻，似乎想最后感受一次花婶坐在这里的样子，也或许是想让花婶知道，他们会在这座宋先生走过的桥上，把花婶送到先生的身边。

送葬的哀乐是村里的一位老人吹的，年轻时就是跟着葬礼吹哀乐的，一把喇叭吹散了多少陈年往事。老人已经很多年不干这个行当了，但因为是花婶的葬礼，他执意要送花婶最后一程。吹的曲子不是哀乐，而是宋先生教给花婶的那首歌。其实曲子是有词的，只是花婶不再唱了。老人会吹这首曲子，是因为曾经路过学校的时候，经常听见宋先生教这首曲子。后来也听花婶经常哼着，也就知道这首曲子对她的意义，虽然吹得可能不那么完美，但至少能让花婶走得安心些。

5.

我一直想知道那究竟是首什么歌，为此，我特意拜访了老人。

老人听明来意，也爽快地给我演奏了。我用手机录音，回家后反复地听，不停地在网络搜索，可是一无所获。

我曾想放弃，因为这或许就是宋先生送给花婶的一首情歌罢了，或许是自己写的，本就没有什么出处。

我把花婶和宋先生的故事写出来，是因为这是我见过的最纯粹的感情，它值得铭记。

一次偶然的机会，我路过一家音像店，突然听到了那首熟悉的曲子。

我急切地跑进门问这首歌名叫什么，老板说也不知道。

花了几十块钱，买了光盘回家，才知道这是一首民国时的歌。

是民国的作词家伍真创作，由龚秋霞演唱的，歌的名字叫《梦中人》。

儿时在花婶身边，她哼唱的就是这段歌词：

月色那样模糊 / 大地笼上夜雾
我的梦中的人儿呀 / 你在何处
远听海潮起伏 / 松风正在哀诉
我的梦中的人儿呀 / 你在何处
没有蔷薇的春天 / 好像竖琴断了线
活在没有爱的人间 / 过一日好像过一年
夜莺林间痛哭 / 草上溅着泪珠
我的梦中的人儿呀 / 你在何处……

“先生，婉仪不等你了，去找你了。”

生活里从来不缺少对手和敌人，有时候你必须做自己的英雄。

20

狗爷

时间总能让人忘了许多人许多事，但只要发生过的，就一定不朽。狗爷和狗的故事，村里的年轻人都知道了，不会再有人忘记了。

1.

没人知道他叫什么名字，也不清楚他从哪儿来，但他在这个村子的时间比谁都长。

他没有名字，有人问过，但他说自己记不清了，炸弹炸得脑袋不好使了。他说他是东北人，参加过中国远征军，回来的时候老家都没人了，就落在了这里。

老人是我们村里的五保户，无儿无女，终身未娶。

小时候，我们都叫他狗爷，并不是什么贬称，而是因缘而来。

那时候的东北农村，土地肥沃，邻里和睦，人心向善。谁家有个活儿了，都过来互相帮忙。盖房子，娶媳妇，乡里乡亲的都会到齐，如果说和谐，那应该是我记忆里最和谐的一幕了。

狗爷记性特别好，村里有什么账算不清了，都请狗爷过来算账。他就拿一个算盘，轻轻松松就理清账目了。狗爷也因此成为村里最有威望的人，谁家有个红白喜事，都要请狗爷去坐一坐。

后来才得知，狗爷当年参军的时候，就是军队里的后勤，负责统计作战物资，以及柴米油盐。

因为狗爷是那一批军人里唯一上过私塾的人，战友往家里写信的事，也都是狗爷帮忙。

我记得狗爷那时候经常出神。中午吃过午饭，狗爷总是喜欢靠在房子的一侧，面向太阳，沉沉睡去。

偶尔会听见他大叫：“趴下！快撤！再顶顶！”

小时候并不知道狗爷为何这样，还经常在旁边笑他，说他又说胡话了。其实哪是胡话啊，那是狗爷又在梦里回到那片战场了，跟他的兄弟一起出生入死。

每次狗爷醒过来，都是目光呆滞地看着远处，半晌，用干裂的手慢慢地擦掉从眼睛里流出的浑浊的泪水。

那时候我并不懂什么叫孤独，只是觉得，应该有个人跟他说说话。

狗爷的年纪虽然大，但身体却还硬朗，每年的夏天，狗爷都会带着我们去河里抓鱼。

狗爷经常一个猛子下去蹿出好几米远，再回来的时候，腰间的渔网里肯定装满了鱼。在那个物资匮乏三月不知肉味的年代，狗爷无疑成了我们孩子眼里的神。

捉到的鱼，狗爷通常会放在水缸里养一部分，还有一部分会送给乡亲们，留下一部分犒劳自己。说是犒劳，但更多的是被我们瓜分了，狗爷自己却吃不到多少，但他总是笑眯眯地看着我们。

有一年大旱，连续三个月滴雨未下，地里的庄稼都快枯死了，村民急得不行。

狗爷带着村里的壮劳力，围着村子走了好几圈，终于在一个地方选好了点，狗爷是要挖井。

村里人都半信半疑，觉得一个老头子，怎么可能选好地方，况且旱得这么严重，土地都开裂了，哪儿会有水呢?

狗爷不作声，从兜里拿出烟袋，用烟袋锅轻轻地敲打了一下，装了点儿烟叶，蹲在地上抽了两口，慢悠悠地说：“狗崽子们，爷是能坑你们还是害你们，挖！”

众人见狗爷这么说了，便不再嘀咕，甩开膀子干了起来。

这几条狗，就是我的命了。

2.

挖了两天两夜，大家伙儿都已经筋疲力尽，可还是不见出水，都心急了。是不是地方选错了，人群里嘀咕，就不该相信一个糟老头子，费了这么些力气，还不如歇着呢。

狗爷从远处的窝棚走了过来，问了下挖了多少米，然后转身回屋子里端了盆水过来，顺着竹竿慢慢地浇了下去。

没过五分钟，竟然出水了。半个小时后，接近十米的井，竟然快满一半了。大伙惊叹不已，狗爷拿个瓜瓢舀了一瓢水喝了，转身就走了。

那口井救了村里的老少，庄稼活了，人也活了。十里八村的人都来这儿求水，路过狗爷家都是千恩万谢的，随手给个鸡蛋，要么给几个土豆，还有送猪肉的，反正狗爷家那段日子真是丰盛啊。

现在村里东边的那口井，仍然能出水，只是没人去打了。家里都装上了自来水，没人再想费劲去挑水了。狗爷之所以会打井，全是当年在部队里练就的本事，野外作战，最主要的就是找水。

之前也听过村里的人问狗爷，为什么不找个老伴。

狗爷说年轻时有喜欢的姑娘，那会儿还读书呢，后来打仗了，他就扔下笔杆子参军去了。

走的时候，姑娘说会等狗爷回来。当兵两年，回家探了一次亲。

姑娘是他走的第二年生病去世的，高烧不退，十里八村的大夫都没办法，活活病死了。

按照现在的说法，撑死就是个重感冒变成肺炎了，国弱，人命贱。

自此，狗爷再没回过东北。父母早就走了，家里没了牵挂，打仗也不分心了。有一段时候，狗爷一心求死，战场上拼命地打，可就是毫发无损，要不怎么说，子弹都怕不要命的。

远征军结束后，狗爷放弃留在军队的机会，徒步走回了东北。据他所说，整整走了三年。

当年自己生活的村子早就荒了，连人都没了，就一直往东走，才碰见现在的村子。村里人看狗爷可怜，给了一碗稀饭，看他一个好身板子，便留在了村子里打打零工，盖盖房子。

后来慢慢地，村里也出钱给狗爷盖了房子，也有人给说合亲事，但狗爷执意不见。

用他的话说，多活一天就是替我那些兄弟多享一天福气，不敢有别的想法了，自己有今天，是多少兄弟用命换来的，可不敢忘了。

时间长了，村里人都知道狗爷的脾气，便不再提及此事了。

狗爷心软，但命硬。

十里八村走街串巷要饭的，只要狗爷看见了，都会给点儿，要么几毛钱，要么就是俩鸡蛋。村里有劝他的，自己过得还不对付呢，干吗还给他们。每当这时候，狗爷都会说："人活着，谁还没个难处。"

他是从吃糠咽菜死人堆里爬出来的人，自然比常人想得通透，也活得明白。

都说人老了，越来越像小孩，狗爷也是，经常弄弄花草，房前屋后。

直到遇见一群它们。

3.

据他们说，那天狗爷自己一个人在园子里除草，突然看见外面跑过来几只狗，身上都带着伤。

狗爷连忙出去把这几只狗赶进院子。定神一看，是三只大狗两只小狗，后腿都有伤，毛上透着血迹。狗爷心疼，找来干净的布条和草药给狗包扎。

那些狗好像能听懂话一样，老老实实地躺着，不动不跑，让狗爷包扎。经过狗爷的悉心照料，几条狗恢复得很快，平日里总是围着狗爷撒欢儿。狗爷走到哪儿，这几条狗都跟着狗爷一起走。后来还给它们起了名字，老大叫木生，老二叫虎子，老三叫成子，老四叫亮子，老五叫刚子。

后来旁人问过狗爷，为啥狗的名字这么像人，狗爷说："这几个名字都是我曾经兄弟的名字，但早都死在战场了。我留个念想，人老了脑袋不好使，记不住东西了，就当是他们又投胎陪我了。"

就这样，大家就都叫他狗爷了。平时都称他三爷，他仅有的记忆是知道自己排行老三，也不知道其他几个兄弟是死是活。

自从狗爷的这几只狗在村子里安了家，村民的安全感增加了不少。平时村里也会进一些山里的野兽——狼或者野猪。有了它们，村子再没受过什么祸害。

平时狗爷也不拴着它们，任凭它们在村子里野。谁家看见了，都会扔点儿吃的给它们，一来二去，五只狗对村子都熟悉了。

冬天的时候，五只狗还负责拉着孩子们坐雪橇。有一年夏季，正好赶上几十年不遇的大雨，把村口的桥冲毁了，外面的人进不来，里面的人出不去。正在大家愁得不行的时候，狗爷来了。

给木生和虎子脖子上挂上绳子，打算让它们从这边游到对面去，然后把绳子交给对面的人，这样物资和东西就能运过来了。

面对湍急的水流，过低的温度，以及宽阔的水面，狗爷不是不担心它们，但为了村里的老老少少，狗爷没得选择。

木生和虎子跳入水中，奋力向对面游去，有几次都差点儿被水冲走，还好有几块石头，可以跳上去歇歇。前前后后休息了三次，总算游到了对面，绑好绳子。

狗爷站在河对岸就喊：“好样的木生！好样的虎子！没给咱们六连丢脸！”大家都知道，狗爷是又想起曾经的峥嵘岁月了。

半个月后，桥终于修好了，狗爷去对面接木生和虎子回家。在对岸人家待的半个月，它们倒也没遭罪，还比先前胖了许多。见了狗爷过来，两条狗欢叫着跑上前，使劲地摇尾巴，狗爷高兴，拍着木生和虎子的脑袋说：“你俩给村里立功了，走！回家吃肉！”

4.

狗爷特地去集市里买了两斤猪肉，给木生跟虎子吃。肉香飘了很远，我们这些孩子闻着味儿就跑去了，若是在以前，狗爷定会给我们分一些的，可这次，就是不给。

我们哭闹，说狗爷糟蹋东西，宁可给狗吃，都不给我们吃。

狗爷无奈地说：“这几条狗，就是我的命了。上次渡河，若不是木生和虎子拼了命过去，咱们村子说不上被困多久，给它吃点儿肉，有啥不行？”

我们说不出话来，只能悻悻地走了，背地里骂狗爷是个缺心眼，买肉不给人吃，给狗吃，除了缺心眼，谁还能做出这样的事？

回到家跟父母说了这件事，反倒挨了一顿骂。父母说，狗爷孤单了一辈子，好不容易有了几个做伴的活物，你跟着瞎闹什么。

从那以后，我们再见到狗爷和那几条狗的时候，便不再心里委屈了。反而有点儿好吃的，都给这几条狗吃。

那会儿村里除了狗爷有五条狗以外，别人家就没有养的了。一是村里风气好，夜里即便不锁门也不会丢东西。二是白天都下地干活，也没时间照顾这些。

所以狗爷的这几只狗便成了村里的独苗了。每次放学的时候，都会看见狗爷带着它们在后山坡上放风。狗爷坐在坡上，几只狗在下面疯跑，后来人们说，那段日子是狗爷最高兴的时光了。

狗爷对自己可以对付，可对它们从来不对付。馒头，白菜汤，肉，狗爷不舍得吃的，都给它们，让人觉得它们真是他的战友一样。

说它们是狗爷的命，没人不信，可就因为这，接下来的事，才更让人难受，甚至有些残忍。

村里有户人家姓李，男人得了疮疡，不能下床，因为是家里的主要劳动力，所以一家人的生活很快变得捉襟见肘了。后来不知是听谁说的狗肉能治这病，当时的农村很信偏方，觉得这是一个良药。

外村都去找了，没人愿意把自家的狗送人吃，就算花钱，人家也不卖。一开始有人提过，狗爷家五条狗呢，问问狗爷，能不能行。

这事被村里的几个主事给否了，都知道那几条狗是狗爷的命根子，况且狗爷在村里的地位，这事就算是哪儿说哪儿了了。

后来不知道怎么的，狗爷听说这事了。他自然为难，想了好些日子，这个冬天狗爷过得太孤单了，想着给它们送个鸡蛋，别亏了它们。

终于决定按照抓阄的方式来。

那天狗爷特地去集市里买了点儿肉，做好后分别装在五个盆子里。只有一个盆子里有鸡蛋，谁吃到鸡蛋，就是谁了。

狗爷把几条狗都招呼到屋里来，挨个摸着脑袋，边摸边哭，眼泪噼里啪啦往下掉。狗爷拿袖子擦眼泪，狗像是明白什么了，凑过去舔着狗爷的手背。

准备好盆子后，狗爷把门打开，这几条狗都跑过去开始吃了起来。狗爷搬了个小凳子，慢慢地坐在门口看着它们。

不一会儿，鸡蛋就被吃掉了。狗爷没想到，是老大木生吃到的。狗爷老泪纵横地说着：“咋能是你啊，你咋那么馋呢，非得今天吃啊，哪天不行啊。当时打仗的时候你就是，吃了一顿饭的工夫，你就走了。”

狗爷说的是木生，但也是这条狗。当年木生牺牲的时候，正好是班里搞了一顿好伙食。木生吃完上的战场，就再也没活着回来。

今天老大也是，吃了鸡蛋，就得死。狗爷舍不得，狗爷谁都舍不得，可没办法，规矩是自己定的。

吃晚饭的时候，狗爷牵着木生往李家走，进了院子后喊了一声来人。屋里的人出来一看是狗爷，狗爷身后站着伸着舌头的木生。

大家都明白狗爷的意思了，没人敢说话。狗爷缓缓地蹲下，摸着木生的头说：“老大，跟着爷吃苦了啊，本想着你们给我养老呢，没办法啊，救人要紧啊，一个家的劳力倒了，这个家就完了。归根结底你是个畜生，我不能看着人死不救。到了那边，别恨爷，你要是心里委屈，就跟阎王说，是我这老不死的害了你，给我先记账。等我下去了，一并找我算了。”

狗爷说完这些话，院子里的人都哭了，但没人上前。

狗爷起身，牵着木生交到李家人手里，就说了一句话：

“给它一个痛快的，别遭罪就行。”

5.

那天夜里其他四条狗一直在叫唤，像狼一样，叫得人心里发慌。狗爷回家后就躺下了，双眼盯着房梁，一点儿睡意没有。

他们杀木生的方法是用木头敲脑袋，把眼睛蒙上了，一棒子下去，狗连哼都没哼，也算是没遭罪。

听他们说，狗爷走了以后，木生一声没叫，估计听懂狗爷的意思了，坐在院子里，看着狗爷走远的。

神奇的是，自从李家男人吃了肉以后，病还真是好了一半，养了半年就能下地干活了。蹊跷的是，每次李家男人经过狗爷家的时候，那几条狗都会狂叫不止，好像它们知道木生就是被他吃了一样。

自从把木生送走后，狗爷像老了十几岁，不再去后山上遛弯了，村子里也很少能见到狗爷。村里人都说，狗爷是把自己的命分出去了。

转眼就冬天了，狗爷出门的次数也越来越少。偶尔出来也是去趟集市买点儿吃的，平时都是在家里。村里的人没事也给狗爷送些吃的，邻居也会过去帮忙做做饭。

狗爷毕竟年纪大了，做什么都没力气了。剩下的四条狗倒也懂事，冬天的时候，就跑到山上抓兔子，有时候运气好，能叼回两三只兔子。

它们知道，狗爷年纪大，得补身体，每次兔子做好后，狗爷不吃，它们肯定不吃。有时会觉得，人也未必会如此吧。

听家里人说，那年冬天特别长，就好像春天不会来了似的。正因为如此，山里的那些活物都饿得不行，开始往村子里跑了。

村里有不少养鸡养鸭的，还有几家养了几十只羊。那时候的东北农村是有狼的，平日里倒也还好，只是那年冬天太长了，估计是饿得没办法了。

村里陆续开始丢鸡丢鸭，养羊的那家也丢了一只羊，人心惶惶，到夜里都不敢出门了。村里也组织过几次搜寻，除了看见狼脚印，在后山石堆里发现被吃干净的羊骨头，其他一无所获。

狗爷也知道这事，便想着怎么能帮上忙。狗爷年轻那会儿来村里的时候，没事也上山打猎，国家不让用枪之后，狗爷就把那杆火枪藏在房梁上了。

和村里打了招呼，狗爷找了个年轻力壮的把枪拿了下来，装上子弹教了年轻人怎么用，再等狼来了，瞄准开枪就成。

几天后的夜里，狼果然来了，不是一只，而是三只。

拿枪的年轻人看见狼过来了，早就吓得尿了，扔了枪就跑，狗爷站在墙后面嘟囔了一句："尿娃，几只畜生而已。"

狗爷慢慢悠悠地走过去，捡起枪，上了子弹，瞄准开枪，一只狼应声倒地。等狗爷打算再开第二枪的时候才发现，就那一颗子弹，剩下的都在跑了的年轻人身上。

另外两只狼看见同伴死了，盯着狗爷慢慢地靠近。狗爷腿脚不好，走得慢，再加上天黑，觉得自己怕是凶多吉少了。

就在这个时候，虎子带着另外三条狗冲了出来，瞬间就和两只狼撕咬在一起，狗爷的眼睛瞬间就亮了，好像当年在战场上一样。他盯着撕咬在一起的狼和狗，攥着拳头咬着牙，恨不得自己冲上去。

这工夫村里的人听见动静，都跑了出来，拿着铁锹和棍子。一堆人围着两只狼就是一顿乱打，总算是没了气息。

这时候大家才注意到躺在地上的四条狗，都不行了，气管被狼咬断了。狗只会拼命地撕扯，不知要害，而狼不同，天生的杀手，专往要命的地方下口。

虽然狼也受了伤，但都不是要害。村里人没来的时候，这几条狗就不行了，但一直在拼命。人来后，知道没了危险，才一下子倒了。

一堆人围着四条狗两条狼站着，人群外的狗爷还不知道里面发生了什么，推开人群往里瞧，大喊了一声"虎子"，便昏过去了。

6.

自从木生走了后，虎子就是狗爷的心头肉，成子、亮子、刚子都是顾自地玩着，像不懂事的小孩。就虎子常常趴在狗爷的脚下，跟着狗爷哪儿都去，所以狗爷心里牵挂的还是虎子。

这次狼群入村，谁也没想到这么严重。狗爷一下子什么都没了，四条狗，都没活下来，狗爷的命也丢了一大半。

自从这几条狗没了，狗爷便不再出屋了，吃饭都是村里的人送过去。出来的人都说，狗爷不说话，就是坐在炕上看着前面，像是丢了魂。

四条狗死了之后，村里的人说找个地儿埋了，狗爷不干，非得自己带回去。从邻居那儿借了个推车，推着虎子、成子、亮子、刚子，往家走。

狗爷边走边说："兄弟们回家了，当年没办法带你们回家，今天我就是拼了老命，也得带你们回家。"

狗爷在自家院子挖了四个坑，将它们依次放好，埋了。然后搬了板凳，坐在院子中央，抽了几袋烟。

村里人都说，上了年纪的人啊，熬得过冬天，不见得熬得过春天。开春万物复苏，但有一大部分老人，就在春暖花开之前走了。

狗爷终究是没熬过这个冬天。狗爷走的那天据说月朗星稀，吃过晚饭，坐在院子里抽了一袋烟后靠在椅子上就睡着了。

没人知道狗爷是怎么走的，也许是昏过去了，也许是气温太低，总之第二天过来送饭的人看见狗爷坐在院子中央，一动不动，早就咽气了。

村里人给狗爷穿寿衣的时候发现，狗爷的衣服兜里竟然揣着五个鸡蛋。没人知道为什么，但也没扔，随着狗爷一起放进了棺材里。

狗爷下葬那天，村里的阴阳先生特地扎了五条纸狗送来，说狗爷一辈子不容易，老了还遇见几条仁义的狗，不能让狗爷一个人走。

村里人都赞成，便一起把五条纸扎的狗烧了，敲敲打打了一上午，算是顺顺利利送走了狗爷。对于一个村子来说，红白喜事年年有，走了老人也是很平常的事，倒也没见过什么蹊跷的事。

据村里的人说，狗爷下葬的那天都挺顺利，但到了晚上的时候，村外此起彼伏的全是狗叫，村里人吓得不敢出门，因为自从狗爷家的狗没了以后，这村里一只狗都没有了。

那晚的事，后来也随着时间慢慢变成了吓唬小孩的玩笑了，没人再去了解事情的真假，也没人记得这个村子里曾经有个老人叫狗爷，还有他五条狗的故事了。

时间总能让人忘了许多人许多事，但只要发生过的，就一定不朽。

数年之后，村子开始重新分地，当年狗爷的坟已经看不大出来了。村里很多年轻人不知道这是谁的，商量着推平算了。好在村里还有几位老人，用了一下午的时间，把狗爷的事说了一遍。

满屋子的烟，一群老少爷们儿，擦着眼泪。狗爷的坟没被推平，反而修缮得更好了，还立了碑。

狗爷和狗的故事，村里的年轻人都知道了，不会再有人忘记了。

其实，当年狗爷去世的那个晚上，就是狗爷遇见它们的日子，狗爷之所以兜里揣着五个鸡蛋，是因为狗爷想它们了。这个冬天狗爷过得太孤单了，想着给它们送个鸡蛋，别亏了它们。

“狗爷是怕它们在那边吃不饱，会饿。”

一人一狗一张床

21

别怕，我带你回家

我知道你活不过我的，但我也希望你能一直都陪着我。我觉得我已经把你当亲人了，你对我好是因为我对你好，我对你不好，你还是想对我好。

遇见“锅巴”之前它不叫“锅巴”，没人知道它叫什么，它是我在家门口发现的。

晚上下班回来看见一群孩子围着什么笑，走过去一看，发现是条小狗，两三个月大，应该是金毛。后来才知道，并不是纯种金毛，至少是占了百分之七十金毛基因的伪金毛。

那群孩子正打算拿水浇它，大冬天的不出一小时它肯定冻死了。我喊了一声，孩子们嘻嘻哈哈地都跑了。低头一看，它正冻得瑟瑟发抖。

左右看了看也没人，刚打算蹲下身抱起它的时候，突然发现它脖子上有牌子，上面写着“北京 ×× 养殖基地 29 号”。我想它应该是运送途中丢的，或者是被谁偷出来了。随手拍了张照片，证明这确实是没人要的狗。

不过这些都不重要，重要的是我一直想养条狗，可北京办狗证太麻烦，一直拖着，直到遇见“锅巴”。

我说：“别怕，我带你回家。”它抬头看着我，又低头舔舔我的手，我觉得它可能听懂了。

之所以叫它锅巴，是因为我抱它回家后，给它什么都不吃，没招了，扔给它半袋锅巴，它倒吃得很欢快。我看着它说：“既然你这么喜欢吃锅巴，那我以后就叫你锅巴好了。”

它眼睛眨了一下，继续低头吃着，看来它对这个名字挺满意。因为锅巴的到来，本来死气沉沉的屋子也变得有些温度了。

那是刚到北京的第二年，一切都显得不那么顺利，工作压力大，自己一个人，若不是锅巴陪着我，很可能就抑郁了。

突然有一天发现，锅巴已经两天没拉屎了，一摸肚子鼓鼓的，赶紧抱去兽医那儿。医生问我给它吃什么，我说锅巴啊，它就爱吃那玩意儿。

医生没好气地问我："你养过狗吗？"我说没有啊，这是第一次，有什么问题吗？医生看我可能实在太傻逼了，无奈地解释说："锅巴属于油炸食物，脂肪含量高，而且特别干燥，狗吃完喝水就会在肚子里膨胀，进而引起大便干燥，胀肚不拉屎。"我说看它挺爱吃的就没管它，以后一定注意。

回家的路上去超市买了几包狗粮，看了价格，比我平时吃的方便面都要贵出许多。晚上它趴在那里一动不动，我给它倒狗粮，边倒边说："锅巴，以后你不能吃锅巴了，会胀死你的，以后你就吃狗粮了，可贵了。"

它摇着尾巴跑过来，舔舔我的手，闻了闻狗粮，吃了几口就不吃了，可能觉得那味道太清淡了。没办法，我只能把几块锅巴碾碎，掺到狗粮里。

这回它倒吃得欢快了，我觉得锅巴肯定是条东北狗，跟我一样，口重。

北京冬天其实也挺冷的，因为我租的房子暖气不是特别通畅，屋子里的温度和外面没什么两样，所以晚上我只能抱着锅巴睡。这种温度对于它来说是挺舒服的，毕竟有毛，可我没毛啊，只能抱着它了。

起初它是不愿意的，可能觉得太热了，也有可能觉得我抱着它不舒服。不过迫于我的威胁，它还是老老实实让我抱着了。

北京的冬天不算漫长，熬了几个月天气渐渐暖和，锅巴竟然习惯和我在床上的生活了，任我怎么推都不下去。没办法，谁叫当初是我

我 觉 得 锅 巴 肯 定 是 条 东 北 狗 ， 跟 我 一 样 ， 口 重 。

求着它的呢。于是一人一狗一张床的生活，就这样延续下来了。

一年以后锅巴已经长成大狗了。我买了狗链，每天下班后的事就是吃饭，遛锅巴。它特别喜欢出门，每次只要我拿起狗链，它三秒之内就会出现在我面前，摇着尾巴伸着舌头，乐呵呵地等我带它出门。

在没有锅巴之前，我是很少出门的，下班就宅在家里玩游戏或者看电影。但我发现自从锅巴来了以后，我的生物钟完全就是狗的生物钟了。

早晨六点起床带它出去遛弯，六点半买早餐回来我俩一起吃，饭当然不是一起，是它吃它的，我吃我的。

锅巴特别有女人缘。以前我走在街上是不可能有女孩过来跟我打招呼的，可只要我跟锅巴一起出门，每十分钟就有一位姑娘过来逗它。它脾气也特别好，谁摸都可以，自己乐呵呵的。

但绝大多数的姑娘也只是想逗逗狗而已，没人想逗我，这点上我是比不了锅巴的。

我始终觉得锅巴跟我是上辈子的缘分。有一段时间我特别郁闷，感情工作等等，没有顺利的，可只要回家锅巴就会立马跑过来，摇着尾巴跟我起腻。

锅巴有个特点，只要是低头舔我的手，就证明它很开心，非常认同我的意思。所以有时候我会跟它聊天，有时它听不懂，只是看着我，有时候懂了，就过来舔舔我的手。

其实宠物养久了，就会形成主人与宠物之间特有的语言。只有你俩懂，一个眼神一个动作彼此便会了解。

锅巴跟我在这个热闹的北京相依为命。之所以说是相依为命，是我觉得在某一个时刻，我无法缺少它，就像它无法缺少我一样。

有一次，我心情不好独自喝酒，它把它最喜欢的布偶叼过来给我，它看着我，就好像在说："你别难过了，我把玩具给你玩啊。"

锅巴三岁的时候已经是一只非常漂亮的金毛了，爱动，爱闹，爱撒欢。但它特别懂事，从来不随地大小便，每次都是跑过来咬住我的裤腿，就证明它要出去了。三年中发生了很多事，我爱过几个姑娘，也被几个姑娘爱过，但都无疾而终。在我最失落的时候，仍是锅巴陪着我，我甚至想这辈子就跟锅巴过下去得了。

后来遇见苏好，就是阿苏姑娘，再后来她也离开了。

锅巴很喜欢苏好，虽然它不能说话，但我能从它的眼睛里看得出来。苏好走后我跟锅巴说，傻狗，我和她之间是没有爱情的。它舔舔我的手，表示听懂了。

过春节的时候，我打算回老家，但我不可能把锅巴自己扔在北京，更不可能托运，因为新闻上有太多因为托运而失去生命的狗了。

思考许久，还是决定包辆车回家。锅巴第一次出远门，显得很兴奋，我带够它的粮食以及所需的药品。

一路上锅巴一直兴奋地叫着，看着外面的大地由黑色变成白色，很少看见雪的锅巴一直盯着外面看。北京的雪太薄了，留不下，不像东北的雪厚重又洁白。开了两天两夜终于回到东北老家，开门进屋我妈迎出来，以为我给她带回儿媳妇了，转身一看，锅巴正摇着尾巴望着她。

我妈其实不是特别喜欢狗，但锅巴特别懂事，它好像看得出来谁喜欢它，谁不喜欢它。它总是围着我妈转，买菜也去，逛街也去，几日相处下来，我妈倒也喜欢上跟锅巴到处玩了。

春节过完本打算多待几天，但公司那边突然有些急事，我必须提前赶回去。锅巴是没办法带了，只能扔给父母了。

临走的时候，锅巴一直叫着，我知道它是在问：“你干吗扔我自己在这里？我要回北京。”我摸摸它的头说：“你爹我给你赚钱买狗粮去呢，等春天了，我就接你回家，听话。”锅巴听懂了，低头舔着我的手，表示同意。

我坐车去车站的时候，它跟我爸妈到小区门口送我，车开出很远，一回头，它还在后面追着。眼泪一下就出来了，我下车抱着它说：“锅巴乖，锅巴乖，我很快就接你回家。”说完后我把它送回爸妈身边，再上车走时，它没跟来，可我心里却空了一下。

回北京后生活依然忙碌，单调乏味，看着锅巴的狗窝空空荡荡，心里很不是滋味。每次给爸妈打电话到最后都开免提，我在这边叫锅巴，锅巴在那边汪汪地叫，心里特别地堵。

后来保证每天都一个电话，因为我妈说，只要有一天听不见我的声音，锅巴就不吃饭。以至于因为锅巴，我打电话的次数竟比以前多了许多倍。我妈骂我说，还不如一条狗有孝心呢。有时候特别想回家接它回来，却又没时间，只能一拖再拖了。

一个月后我妈的一个电话，让我觉得，锅巴可能再也回不来了。

我妈打电话说锅巴得了肠炎，去了医院也不见起色，两天没吃东西，还发高烧。我连夜买机票赶回家，到家已经凌晨两点多了。

见到锅巴差点儿没认出来。它引以为傲的金毛已经不亮了，毛毛躁躁的。它瘦了很多，躺在地上呼哧呼哧地喘着气。我握着它的爪子说：

空荡的房子里，只留下我一个人的回音，

我知道，锅巴走了。

“锅巴，我回来了，我接你回家了。”

它抬头看着我，眼睛竟然湿了。锅巴第一次哭，我也哭了，眼泪滴在我的手背上。锅巴吃力地换了个姿势，伸着脑袋过来舔我的手背，我知道它是想告诉我：“别伤心了，我把玩具给你玩。”

我守着锅巴坐了一夜，说了很多话，它就静静地听着。后来我睡着了，它把头枕在我手臂上，安静地走了。

锅巴是早晨六点走的，正是我在北京陪它散步的时间。

人要是有魂的话，狗也应该有吧，我觉得锅巴的魂肯定回北京了。早晨我妈红着眼睛跟我说：“医生说这狗的身体本就不怎么好，再加上长途奔波，换了环境，温度相差大，染上的急性肠炎。”

“一般的狗得了这病两天就不行了，”我妈说，“锅巴一直挺着，就是想等你回来，再看看你。”

我说：“妈你别说了，都怪我，我就不该把锅巴带回来。”

“锅巴不会怪你，它在家的这几个月特别懂事，我跟你爸也喜欢锅巴，是锅巴的寿命到了，怨不得你。”

我知道我妈是为了宽慰我才这么说的，但我仍觉得是我害死了锅巴。早晨没吃早饭，我就定了最早的一班火车，我决定要把锅巴带回北京。

我把它装在冷冻箱里，躲过了安检，放在车厢的最里面，我一直守着它。

回到北京联系了一家宠物墓地，跳过火化的过程，直接下葬。墓地的工作人员问我，为什么不火化，可以买个小点儿的位置，还能少花点儿钱。

我说："我这条狗喜欢折腾，地方大它能玩得高兴点儿。"

都妥当后，我坐在锅巴的墓旁边，上面有它的名字和生日，就是我遇见它的那天。我跟锅巴说：

"虽然我知道你活不过我的，但我也希望你能一直都陪着我。我觉得我已经把你当亲人了，你对我好是因为我对你好，我对你不好，你还是想对我好。

"我把你扔在东北那么久，你肯定特别想回家，想那张大床，想跟我出去遛弯。你看我把链子拿来了，就放在你身边，以后啊，你想去哪儿就去哪儿，想什么时候走就什么时候走，不用……再问我了。"

我觉得对不起锅巴，如果不是因为我，它或许还能活七八年或者更久一些。

很多人觉得给宠物买墓地矫情，可若是真的陪你几年的宠物突然死去，或多或少都希望能为它再做点儿什么吧。

如果一块大点儿的墓穴能让锅巴开心，为什么不让它开心呢？也只有这样，我才能好受点儿。

所有的事情都处理好之后，我回家睡了整整一天。醒来的时候本能地叫了一声："锅巴，过来。"空荡的房子里，只留下我一个人的回音，我知道，锅巴走了，那条叫锅巴的狗再也回不来了。

我没日没夜地加班，我想尽各种理由晚回家，不回家。

锅巴的窝我没舍得扔，就放在那儿，它最喜欢的那个布偶也放在那儿。我有时候恍惚觉得，锅巴下一秒就会从厨房或者卫生间摇着尾巴冲出来，跑过来舔我的手，告诉我它想出去散步了。

一年后，因为工作的原因我不得不搬家，带着锅巴的窝和那个布偶，重新在北京安家。少了锅巴这一年，我心情都不怎么好，一直闷闷不乐。时常会想起它，以至于睡觉时都会觉得它就在我的身边。

搬到新家后一切都要重新布置，我把锅巴的窝放在我床的旁边，那个布偶放在床头。那上面有锅巴的味道，我觉得安心。

收拾旧物的时候，发现了之前坏的手机，打开后壳发现内存卡还在里面。正好身边有读卡器，打开电脑准备看看有没有需要的东西，没有的话就扔了。

点开相册文件夹的瞬间，我呆了，里面全是锅巴的照片。我已经忘了是什么时候给它拍的了，因为手机三年前就坏了。

相册里全是锅巴小时候的照片，还有我刚刚捡到它时拍的照片，它趴在地上，抬头望着我，伸着舌头，乐呵呵的。

我红着眼睛看屏幕越来越模糊，感觉锅巴要从屏幕里跳出来一样。我突然想起那个遇见它的晚上，我下班回来看见一群孩子在欺负它，我走过去，对趴在地上瑟瑟发抖的锅巴说：

“别怕，我带你回家。”

愿我的故事绿水长流，敬你的孤独择日而终。

Afterword 后记

当我写完最后一篇故事时，我才忽然发觉，故事里的人和事仍然在不间断的上演，我只是截取了他们生命里最闪光的那段时光，结束也代表着新的开始。

无论结局是好是坏，它仍然在随着时间变换，坏的终会变好，好的终会更加幸福。

他们这些人都有不同的特质，站在你我身边或许就是普通的路人甲乙，但他们的眉目间一定有许多温柔，区别于所有人。

他们或在生活里隐藏着粗鄙，但又含着柔软。有宽广的爱情，也有绝望中的希望，透过他们的故事，你或多或少的会懂得一些爱情或亲情的含义。

我也相信，这些故事里的人在许多年后，仍然会有人记得他们，感知他们曾经的喜乐悲欢，曾经的黯然别离，曾经的肝肠寸断，你甚至想在某个城市偶然相遇，说一句“好久不见。”

很长一段时间，我都在想，为什么写作？仅仅是为了记录一些什么？

究其原因，是因为我遇到很多可爱的人，他们对我说的事，可能在那段时光是绝无仅有的。也许连他们自己有一天都会忘却，但还好我是一个善于打理记忆的人，我想写下他们，我想让这些故事永远鲜活闪亮，让故事里的人陪着故事里的人，永远不孤独。

我们生活的城市，每个人都是一座城，城里住着许多的过客，看起来人声鼎沸，其实最后都会和你没什么关系。有的人可能住几个月，甚至几天，再长些或许几年，开始你会习惯他们的存在，但他们总会离开的，任你如何不舍，都会走。留下一地的狼藉给你，从不问你是否难过，他们就是这样狠心，你多想有个人会一直住在你的城里，从天光乍破，再到暮雪白头，此生此世不再分离。

别对生活无所期待，别对爱情失去信心，其实哪有那么多十全十美，只不过是不敢再爱罢了。我把这些故事写给你听，在你无所谓孤独不孤独的时刻，在你无所谓喜悦不喜悦的时刻，在这个浮躁的社会里，仍然会发生一些温暖的事，就像你看到的一样。

我爱故事里的每一个人，我怕他们老去，但我们终会老去，我知道人最美好的光景不过几十年，其实都是一转眼就老去了。每个人的生命里绝大多数的美好是无法保留下来的，年少时的爱情，而立之年的困惑，以及你失去爱情的心酸。

这些无法控制的东西，总会随着时间慢慢消散，直至你的记忆模糊然后消失不见。

但还好，文字不会，这本书里的故事永远不会，它们就在那里。

这是我的第一本书，有不同样子的故事，它们值得你去回味和感受，就像当初我第一次听到它的时候，这些故事是我想说给你听的。每篇故事里都藏着一些人，你或许不会记得他们，但你一定会在某一个不知名的时刻，突然记起你好像曾到过这里，见过他们。

《我有故事，你有酒吗？》是一本可以在某个午后的咖啡馆，或者下班后失眠的夜里翻开的书，你会觉得，我就像你身边的朋友，三言两语碰着杯，一饮而尽有些醉的人。

故事或许不够美好，但还好世界仍然美好，我知道，每个人的世界都有不同，但这些故事里的世界，一定是你似曾相识又触摸不到的另一面，它就像夜里的酒，早上的花儿，平淡又真实，美好又残酷。

愿你永远温暖，并且无所畏惧。

图书在版编目（CIP）数据

我有故事，你有酒吗？ / 关东野客著. -- 北京：北京联合出版公司，2016.8（2022.1 重印）
ISBN 978-7-5502-7939-1

Ⅰ. ①我… Ⅱ. ①关… Ⅲ. ①短篇小说－小说集－中国－当代 Ⅳ. ① I247.7

中国版本图书馆 CIP 数据核字（2016）134887 号

我有故事，你有酒吗？

作　　者：关东野客
出 品 人：赵红仕
责任编辑：杨　青　夏应鹏
特约编辑：肖　瑶
封面设计：鹏飞艺术

北京联合出版公司出版
（北京市西城区德外大街 83 号楼 9 层　100088）
三河市中晟雅豪印务有限公司印刷　新华书店经销
字数 226 千字　640 毫米 ×960 毫米　1/16　20.5 印张
2016 年 8 月第 1 版　2022 年 1 月第 27 次印刷
ISBN 978-7-5502-7939-1
定价：59.80 元
